# Secretos en luna llena

## Leticia Esmenjaud

Reservados todos los derechos. No se permite la reproducción total o parcial de esta obra, ni su incorporación a un sistema informático, ni su transmisión en cualquier forma o por cualquier medio (electrónico, mecánico, fotocopia, grabación u otros) sin autorización previa y por escrito de los titulares del copyright. La infracción de dichos derechos puede constituir un delito contra la propiedad intelectual.

El contenido de esta obra es responsabilidad del autor y no refleja necesariamente las opiniones de la casa editora. Todos los textos e imágenes fueron proporcionados por el autor, quien es el único responsable por los derechos de los mismos.

Publicado por Ibukku, LLC
**www.ibukku.com**
Diseño y maquetación: Índigo Estudio Gráfico
Copyright © 2022 Leticia Esmenjaud
ISBN Paperback: 978-1-68574-242-3
ISBN eBook: 978-1-68574-243-0
LCCN: 2022920612

# Capítulo 1

La tarde era cálida y tranquila. Se sentía una paz y se podía ver la hermosura y la quietud del pueblito llamado El Rincón. Sus calles estaban hechas de lozas y sus pintorescas casas. Todas las familias se conocían, eran personas humildes, y otros como don Toribio Villeda, un hacendado con mucho dinero y poder, dueño de tierras y ganado del mencionado pueblito.

Don Toribio tenía una hermosa esposa llamada Sofía, que tenía una sonrisa carmín que más de uno en el pueblo codiciaba, y dos niñas preciosas que amaba con todo su corazón.

Pero, como a todos nos llega el tiempo de las desgracias, en este caso de pronto se fue desintegrando la familia. Angelita, de escasos 8 años, desde su nacimiento fue enferma, padecía de albinismo y problemas en el corazón, lo que complicaba el crecimiento de la pequeña y la libertad de jugar como un niño saludable.

Esto para don Toribio lo dejaba estar fuera del alcance de la salud de su pequeña hijita, pues siendo el hombre con posibilidades económicas no podía darle ayuda a su pequeña lo que quisiera. Esta poco fue empeorando con otras enfermedades y finalmente se quedó en su lecho sin vida.

Una mañana entrando la empleada con desayuno y medicamentos se acercó al lecho de la inocente. Dio un grito de miedo y tristeza soltando la charola de sus manos. Al ver el cuerpecito de la niña sin vida en su delicada cama, pronto toda la familia, empleados y vecinos, se acercaron para ver lo sucedido. Cuando se enteraron se tornó en llanto y tristeza el ambiente por la pérdida de la niña.

La vida siguió su curso. Pasado el tiempo los negocios fueron aumentando para don Toribio. No importándole ser el señor y dueño de tierras y ganado, se levantaba muy temprano para ir a los campos a trabajar. El dolor de perder a su hijita le obligó a tener una actitud tosca y grosera, y no a confiar más en sus empleados. La tristeza y la agonía interna lo consumía día tras día, quedándose más tiempo en los campos para olvidar y mitigar un poco el dolor.

Llegaba a casa entrada la noche para no saludar a nadie por las calles. La gente del pueblo comentaba el cambio tan grande que ocasionó la muerte de su pequeña.

Una tarde tocaron la puerta de la habitación de doña Sofía: era su empleada. Le dijo que alguien la buscaba en la sala de su casa. Doña Sofía extrañada preguntó:

—¿Quién es?

—Es una mujer, mi señora. ¿La conoce?

—No, bueno, veremos quién es.

Se dirigieron al lugar donde se encontraba dicha mujer.

Cuando la señora entró al salón de espera, la mujer se encontraba observando el retrato de la pequeña fallecida. Matilde su empleada y la señora quedaron un momento en silencio observando a la mujer. Pasado el tiempo doña Sofía hizo un ruido con su garganta, dando a entender a la visita dar una explicación del porqué de su visita. Como no reaccionaba la señora le pregunta quién era y qué hacía ahí. Contestó con voz burlona y antipática:

—Busco a mi pariente, Toribio.

La señora responde:

—Él no está, se puede retirar.

—¿Y usted quién es para sacarme de la casa de mi pariente? Yo soy la esposa y dueña de esta hacienda.

Mirándola fijamente a los ojos, dirigiéndose a Matilde su empleada le ordena que llame al capataz y que saquen a la mujer de ahí. Luego, viendo por la ventana que la mujer se aleja, Matilde le dice:

—Señora, esta mujer no me cae nada bien, algo se trae entre manos. ¿Sabe? Me hizo recordar a alguien de hace muchos años, pero no creo que sea ella.

—¿A quién? —preguntó Matilde.

—A una excompañera de escuela.

—Bueno, sigamos con los quehaceres. Y no vuelvan a abrir la puerta sin antes avisarme.

# Capítulo 2

Pasado un año de la muerte de la niña de los Villeda, la demanda de ventas de reses fue en abundancia. La servidumbre creció. La hacienda de los Villeda era la más codiciada. Era el tiempo de la celebración de la feria del pueblo. Esa semana era la más ocupada de don Toribio, venían compradores de otros lugares del país a comprar ganado a buen precio.

También en casa doña Sofía horneaba sus ricas quesadillas, salpores y el rico pan de yemas que a todo el pueblo deleitaba con su sabor exquisito. Era una mujer hermosa, su cabello negro ondulado. Era de una estatura normal, de tez clara. Su nariz, respingada y delgada. Su rostro, delgado y largo. En el pueblo más de uno suspiraba por ella, no importando que fuera casada.

En esos días tenía un pedido grande del pan exquisito que preparaba con sus delgadas y delicadas manos. Todos querían ese pan en su mesa para las fiestas del pueblo. Todo se fue preparando calculadamente con medidas y que todos los ingredientes estuvieran frescos a la altura de doña Sofía. Todo el pan horneado quedó tapado con manteles blancos sobre una mesa grande.

Metida en su tina dándose un baño refrescante de espumas, se quedó dormida del cansancio. Su empleada entra después de tocar la puerta y la encuentra dormida. Sobresaltada, doña Sofía, del ruido que hizo Matilde al entrar le pregunta:

—Me quedé dormida.

—Sí, mi señora. Le traje estos dos vestidos para la fiesta. Dígame cuál le gustaría lucir, ¿el rojo o el azul?

Ella, observando los vestidos, volvió a quedarse dormida. Inmediatamente Matilde acomodó unas toallas en su cuello para dejarla más cómoda y se retiró.

A la hora de la cena, don Toribio le dice que se mira muy cansada y esta le responde:

—Sí, esposo estoy cansada.

—No tienes que hacer todo este trabajo.

—Pero me gusta, tú sabes que me encanta cocinar, es una distracción que me hace sentir yo misma. Es como que yo dijera que no vayas más al campo.

—Tienes razón. Julia, ¿cómo está mi niña?

—Extrañando a su papi.

—Sí, no la he atendido como se merece. Hoy terminando de cenar iré a su cuarto y leeré un cuento para ella. Se pondrá muy feliz de que su padre regreso de su letargo.

—Acuérdate, esposo, que tuvimos dos hijas. Angelita ya no está con nosotros en vida, sigue viva en nuestros corazones, pero nos quedó la más pequeñita. Tenemos que darle todo nuestro apoyo, amor y atención. Todo lo que no le dimos a Angelita démoslo a Julita.

—Eso haremos —contestó don Toribio—. Es la única heredera después de ti.

Se levantó de su lugar en la mesa, se acercó a su esposa, la besó y le habló quedito a su oído. Le dijo:

—También a mi esposa la tengo descuidada.

Espérame despierta con tu *babydoll* rojo que te traje de Francia.

—Picarón —contestó ella.

Matilde pregunta:

—Señora, ¿tomarán el té en la sala?

—No, hoy no.

# Capítulo 3

Los canarios cantaban anunciando el hermoso día. Las mariposas movían sus alitas de colores sobre las flores. Doña Sofía observaba por su ventana la hermosura del campo. Tenía puesto el *babydoll* que su esposo le pidió lucir para él la noche anterior. Acercándose a su esposa la toma por su cintura, le besa el cuello suave y ardientemente, y se la lleva a la recamara. La despoja de sus ropas sensuales y deja descubiertos sus redondos y hermosos pechos. Se sació nuevamente de ella con amor y ternura. Los dos se entregaron mutuamente.

—¿Quieres darte un baño conmigo?

—Sí —responde ella.

Él está preparando el agua de la tina, cuando se fija en el cuerpo hermoso de su esposa. La desea más y se enamoró más de su esposa. Pensaba que tenía una diosa. Un año había dejado olvidada a su esposa. Se acercó a ella nuevamente y le acarició todo su cuerpo con sus manos. La montó sobre el mostrador del lavamanos. Sacó un gemido de placer de su esposa y, entre gemidos y besos, termina dentro de las entrañas de su mujer.

Estando dentro de la tina de baño, ella pregunta por qué él paso casi un año de indiferencia con ella y su otra niña. Ellas no tenían culpa de lo sucedido; al contrario, ella necesitaba el apoyo de él porque ella también sentía que el mundo se desplomaba en pedazos con la partida de Angelita. Hubo un silencio.

—Perdóname, esposa. Fui un inconsciente, me porté como un muchacho sin experiencia. Muchas veces vi que extrañabas el hombre con el cual te casaste. Todo este tiempo reconozco que tú eres una mujer muy buena conservadora, excelente madre y esposa, y tan bien veo cómo te miran tus admiradores en la calle. ¡Y no puedo permitir que eso pase!, ¡ja, ja, ja! —Ella se río también.—Eso es imposible. Yo te amo y mi otro tesoro es Julita —y besó a su esposo con amor—. Me alegra que ya estés de vuelta en casa, no solo el hombre que eres, sino tu alma y tus sentimientos.

Se besaron con pasión y amor.

En la hora del desayuno, la empleada le pregunta a su señora qué vestido le gustaría llevar a la fiesta del pueblo, si el rojo o el azul.

—Disculpa, Matilde —responde ella—, creo que el azul.

—No —dijo don Toribio—. Llévate el amarillo, esta noche luce para mí.

—Está bien, esposo, así será.

Matilde se retiró a preparar el vestido para esa noche. Era una muchacha astuta, de humilde condición. Doña Sofía le estaba enseñando a leer, pero tenía un corazón enorme, muy respetuosa, y amaba a sus patrones. Ellos la recogieron cuando su mama se murió. No tenía parientes, nadie que respondiera por ella. Cuando llego a la hacienda fue la dama de compañía de doña Sofía hasta ese día.

# Capítulo 4

Llegando el día de la mencionada fiesta de gala del pueblo, los esposos Villeda fueron anunciados. Al entrar por la puerta las miradas de todos se enfocaron sobre ellos. Las damas admiraban el hermoso peinado que doña Sofía lucía esa noche y su hermoso vestido amarillo, que tallaba a las maravillas el cuerpo esbelto, dejando ver un poco sus abultados y redondos senos de la señora. La mayoría de los ojos masculinos no dejaban de admirar también la hermosura de la señora.

Sin perder la oportunidad, se acerca el capitán del Ejército, un destacamento nuevo llegado al pueblo de la ciudad del país. Cuando don Toribio conoció a doña Sofía, el capitán cortejaba a la señora, pero ella nunca le dio el sí al capitán. Cuando ella conoció a don Toribio, inmediatamente le dio el sí, se enamoraron perdidamente y se casaron. Desde entonces el capitán era un rival, pero solo en los pensamientos y malas sentimientos del capitán, aunque se hablaban en público pero de ahí la amistad no podía ser, porque él tenía entre ceja y ceja a doña Sofía.

Esa noche se quedó Sofía sola, mientras su esposo trataba unos negocios. El capitán vio la oportunidad de su acoso hacia la señora. Se acercó con sonrisa malévola y sarcástica.

—Qué hermosa estás...

—Sí —contestó ella—. Mi esposo me lo repite a cada rato.

Él, molesto, le dice:

—Arruinaste el momento con tu respuesta. Estás hermosa y no tardará el día que mis labios recorran ese cuerpo de diosa que tienes.

Ella responde enojada:

—Creí que todo este tiempo al marcharte a la ciudad cambiarías, pero veo que no.

—Pues, para tu información, me gradúe, me case y me han mandado a este pueblo, del cual no te han podido sacar. Con tanto dinero que tu marido tiene tuvieras una bella casa en la ciudad.

—No necesito vivir en otro lado, y si así fuera solo a mí y esposo nos interesa. Nunca creí encontrarte acá, qué pesadilla.

—Pues me tendrás durante tres meses y todos los días trataré de que seas mía. —La agarró fuerte del brazo y ella se soltó abruptamente.

En eso se acerca el oficial y el capitán se aleja.

—¿Todo bien, señora?

—Sí, todo bien, oficial-

—No tengo el gusto de conocerla.

—Soy Sofía, esposa de Toribio.

—Mucho gusto. Soy el oficial Enrique.—¿Se quedarán un tiempo en el pueblo? —preguntó ella.

—Bueno, el capitán pidió su traslado para este lugar. ¿Por qué? Según quiere arreglar un asunto personal que tiene del pasado.

—Entiendo —dijo ella poniéndose aún más nerviosa—. ¿Usted está bajo el mando de él?

—Sí, pero tenemos superiores para reportar los problemas del grupo y lo que pase por estos lados.

—Me tranquilizo más.

Don Toribio se acerca diciendo:

—Veo que tienen una buena platica.

—Sí, y con respeto. Muy linda su esposa.

Dándole la mano le dice:

—Mucho gusto. Soy el oficial Enrique.

—Toribio Villeda. La compañía está a cargo de Hernández.

—Sí —responde el señor—. ¿Le conoce?

—Bueno, sí, es el mismo que vivía por estos lugares.

—Sí, el mismo dicen que vivió su niñes en este pueblo.

—Así es, pero espero que no traiga problemas por estos rumbos.

—Bueno, fue un gusto. Feliz noche.

# Capítulo 5

## La casa del acantilado

Los cuetillos no paraban de sonar y los niños corrían de un lado a otro. Las familias empezaban a reunirse para saborear el rico pan de doña Sofía.

—¡Matilde! —exclama ella—. ¿Ya preparaste las mesas con manteles blancos y flores?

—Sí —respondió Matilde.

—Bueno.

—El atole de elote está rico y listo.

—Señora —dijo Matilde—, ¿qué pasó anoche? Cuénteme cómo la recibió el pueblo que se reunió en la fiesta.

—Bueno, tú sabes que me llevo bien con las familias, me aprecian y me apoyan en ayudar al necesitado. Pero para mi sorpresa y desagradable encuentro estaba ahí un pretendiente de cuando yo era soltera.—¿De verdad? —dijo asombrada.

—Sí.

—¿Y don Toribio lo sabe?

—Sí.

—¡¡Doña Sofía!! —se acercaba exclamando una vecina.

—Hola —respondió ella—. ¿Cómo está, doña Bertha? ¿En qué la puedo servir?

—Uy, cuánta amabilidad... —respondió la vecina un poco desvelada.

Siguió diciendo:

—Por la fiesta de anoche... Mmm... Sí, muy cierto —respondió doña Sofía—. Pero no la vi bailar con su esposo...

—Vecina, habla.

—Ay, mija, con estos reumas no puedo ni mover el esqueleto, ¡ja, ja, ja! —Se rieron las dos.—Pero —dijo la vecina— estabas linda anoche.

—Gracias, doña Bertha. Usted siempre tan amable —respondió la señora.

Y cuando estaban comiendo pan con atole y en sus pláticas de vecinas, se acerca el capitán Hernández con su gallardía y su orgullo. Sabía que más de alguna mujer del pueblo estaría suspirando por estar en los brazos de él. Ellas voltearon a verlo del aviso de Matilde.

—Ahí viene el pavo real —dijo, y se rieron.

Doña Bertha habló—Ese capitán no me simpatiza a mí tampoco —respondió doña Sofía. Me da miedo.

—¿Y todavía te molesta, hija? —dijo doña Bertha.

—Sí —contestó Sofía.

—Anoche, en cuanto Toribio se fue con los inversionistas, él aprovechó para tirarme su veneno y acosarme, que en cuanto pueda se posesiona de mí.

—Gran poder —dijo doña Bertha —. Debemos tener gran cuidado, mija, Y no te preocupes, si te sigue molestando avísame en seguida. Acuérdate de que unos de mis nietos es militar de alto rango en el Ejército y que si lo reportamos este granuja para bajarle el orgullo y maltrato a la gente humilde se aprovecha de su uniforme para humillar a las mujeres.

Y el pavo real, como dijo Matilde, se acerca a las damas, que están teniendo buen tiempo, hasta que este personaje llega y quita la paz a doña Sofía.Saluda quitándose su birrete de su cabeza e inclinándose a las damas diciendo:

—Buenos días, hermosas damas.

—Buenos días —contestaron ellas.

—¿Qué te trae por estos rumbos? —le preguntó doña Bertha.

—Bueno —dijo él viendo detenidamente a doña Sofía—. ¿Me permite que me siente para conversar más a gusto?

—Claro, siéntate —respondió la anciana.

Respondiendo a su pregunta dijo él:

—Estoy acá cumpliendo una orden del Gobierno. Había tres lugares donde escoger, pero, como tengo un asunto pendiente acá, escogí este.

—Oye, Hernández, no abuses de tu rango, respeta. Creo que nunca aceptaste que Sofía no te quiere, nunca tendrás el amor de ella. Es más, está casada con Toribio.

Poniendo su grotesca mano en el cuello de la anciana le responde enojado y muy alterado:

19

—¡Usted cállese, no me diga lo que puedo y no puedo hacer, vieja metida!

Se levantó y se marchó.

—Trae agua, Matilde —dijo Sofía.

—¿Está bien? —le preguntó a doña Bertha.

—Sí —contestó ella con dificultad tosiendo.

—señora, ese hombre está loco —dijo Matilde.

Y así pasó la tarde, muy ocupada para doña Sofía. Ya cayendo la tarde, llegó don Toribio, se acercó a su bella esposa y la besó en la frente. Le pregunta:

—¿Estás bien? ¿Qué pasa? Te siento nerviosa.

—Sí —respondió ella, cansada también.

—Quiero hablar contigo.

—¿De qué se trata? —respondió el.

—En casa hablamos, ¿te parece?

—Está bien, recojamos.

# Capítulo 6

## La confianza

Estando ya en casa, Toribio le dice a su amada:

—¿Quieres darte un baño de espuma con agua calientita?

—¿Juntos? —Sí.

Cuando se encontraban en la bañera, le preguntó él:

—¿De qué querías hablarme?

—Bueno —balbuceó ella—. Anoche cuando me dejaste un rato sola en la fiesta Hernández se acercó a mí y no perdió tiempo en estarme molestando. Te cuento esto no para ponerte pensamientos malos en tu cabeza. Tú sabes que vivimos en un pueblo pequeño y la gente está en todo, y no quiero que vengan con chismes a ti de mi comportamiento con ese hombre. Hoy en la mañana para asustarme más atacó a doña Bertha. Le puso sus manos en su cuello y casi la asfixia.—¿Y por que hizo eso? —Don toribio estaba enojado.

—Cálmate, esposo, no te pongas así.

—¿Y cómo no voy a ponerme enojado, Sofía? Ese es un enfermo.

—Ella solo quería defenderme, esposo.

—Con mayor razón —contesta él muy enojado— ¿Y a ti no te hizo nada?

—No, pero tengo miedo. —Ella se pone a sollozar y él la abraza con ternura.

Él quedando callado respondió:

—Gracias por tu sinceridad, lo tendré muy presente —y la besó en la frente.

Cuando se encontraban en su recámara, don Toribio la abrazó y le contó que a partir del día siguiente la acompañaría a todos lados un peón de la finca.

Ella contestó:

—Sí, muy buena idea. Gracias por preocuparte por mí.

La mañana era hermosa. El sol brillaba intenso. Las gotas del rocío de una noche anterior lucían como luces de Navidad, dando destellos de vida y colores. La mesa estaba servida para que los patrones gustaran de los ricos manjares que en la cocina de doña Sofía se habían preparado.

—¡Mami! —Julia llamaba a doña Sofía.

—¿Qué pasa, mi niña? —responde la señora.

—Tengo hambre.

—Bueno, vamos, porque tu papi está esperándonos.

Tomadas de la mano se dirigieron al comedor. Acercándose, don Toribio les dice:

—¿Por qué tardaron tanto?

—Bueno —contesta la señora—, cosas de mujeres...

—¿Qué harás hoy día, esposa? —pregunta él.

—Tengo la reunión de damas. Luego, visitar a los necesitados con el grupo de apoyo. Después nos iremos al río con Julia, ¿verdad, mi amor? —responde tocando la pancita de la niña con cariño—. Se lo prometí y nos vamos a nadar.

—¿Quién irá contigo al río? —dijo el.

—Matilde y espero que ya el peón que me prometiste esté listo para cuidarme.

—Sí. Bueno, tengo que arreglarme, tengo una junta con compradores de ganado y ya estoy tarde.

—Está bien, esposo, cuídate. Nos vemos en la cena. —La besó y también a Julia y se fue.

Camino al río, la señora pregunta a Matilde:

—¿Traes frutas y suficiente agua? El calor está insoportable.

—Sí, mi señora. ¿Cuándo le he fallado?

—No es eso, solo quiero estar segura de que traemos todo, por la seguridad de Julia.

—Querrá decir el hambre que tendrá más tarde la nena —respondió Matilde—. ¡Ja, ja, ja! —Las dos se rieron—. Mira quién viene ahí, señora, el oficial Enrique.

—¡Qué guapo! —dijo Matilde.

—Sí —contestó la señora, y muy caballeroso y respetuoso.

Cuando se acercó a ellas dijo:

—Buenas tardes. ¿Cómo está, señora hermosa? —Le tendió la mano.

—Muy bien. Un gusto volverlo a ver —contestó ella. Dirigiéndose a su empleada—: La presento. Ella es Matilde y mi pequeña hija, Julia.

—Mucho gusto —dijo con un saludo cordial—. ¿Y a dónde van?

—Vamos al río a nadar un poco —contestó la señora.

—Precisamente yo estoy de descanso y anoche me dijeron que hay un río con el agua muy fresca. Puedo unirme a ustedes, nos servirá de conocernos mejor.

Señora y empleada se miran. Matilde le dice con la mirada que sí, insistiendo.

—Bueno —dijo la señora—, está bien. Bienvenido al grupo.

En el río, a la hora de la merienda, les cuenta el oficial que le gustaría regresar a la capital del país porque no soporta el mal carácter del capitán Hernández.—¿Y eso? —contesta la señora.

—No sé qué pasa con él, pero desde que llegamos al pueblo está muy impaciente, con enojo. Se ha vuelto muy irrespetuoso con todos, a las mujeres no las respeta.

—¿Y qué dicen sus superiores? ¿Ya les informaron?

—No —dijo él.

—Bueno, estas cosas no se deben hacer esperar. Tienen que hacer un informe antes de que las cosas empeoren.

—Sí, tiene razón.

—Bueno —dijo ella—, sigamos bañándonos y disfrutando el rato. Le invito a cenar esta noche en mi casa, es bienvenido.

A la hora de la cena, Matilde entra con el café.

—Gracias —dijo la señora—. Pasemos a la sala, ahí lo tomaremos.

—¿Cómo van las cosas por acá, oficial? —preguntó don Toribio.

—Bueno, hasta ahorita no hay nada de qué preocuparse, todo está en orden. Solo un poco desconcertados con el carácter de Hernández, ha tomado un comportamiento muy raro en él y ya nadie lo aguanta. Pero creo que es el cambio, que a todos nos afecta.

—Sí, eso, así es —contestó el señor.

—Bueno —dijo el oficial poniéndose en pie. Le dio la mano y se despidió muy agradecido con los señores por la invitación.

—Es usted bienvenido cuando quiera volver —dijo el señor.

Al salir de la casa de los Villeda, el oficial no se dio cuenta de que estaban escondidos en la oscuridad los hombres del capitán. Tenían una orden de seguir a todas partes al oficial Enrique. Estaba celoso el capitán porque el oficial sí cortejaba, seguido la casa de los señores. Pero sin saber que el corazoncito de oficial suspiraba por Matilde.

# Capítulo 7

## Un mal día

Destacamento del ejército en el pueblo Sonido de máquinas escribiendo, movimientos de soldados y oficiales saliendo del establecimiento. Entra una anciana con su esposo a poner una queja de su hija desaparecida. Le toman la información y salen del establecimiento. En el mercado se encuentra doña Sofía, con sus empleados, Matilde y su guardián.

—¿Qué precio tienes los aguacates? —preguntó ella.

—Están baratos, seño. ¿Cuántos va a llevar?

—Me da tres, por favor. Gracias.

Pagando estaba la señora cuando por detrás alguien le jala su chal, que tenía puesto sobre sus hombros. Cuando voltea era la anciana que hacía un momento ponía la demanda de su hija desaparecida. Y le pregunta:

—Buenos días. ¿En qué le puedo ayudar?

—Bueno —contestó la anciana—, me han contado que usted ayuda al necesitado con gusto.

Responde Sofía—

—Permítame poner mi canasta aquí.

Se sentaron en una banca y doña Sofía sigue hablando:

—Dígame que está pasando.

—Bueno, mi hija tiene tres noches desaparecida. Creímos que estaba en casa de mis parientes, pero no la han visto desde el día de la feria. Por eso puse la demanda hoy, porque no aparece por ningún lado. Estoy muy triste y preocupada. Solo tenía 18 años. Muy buena niña, responsable y educada.

—Muy bien —dijo doña Sofía—. ¿Y en qué yo le puedo ayudar?

—Usted es una mujer de mucho respeto y de poder acá en este pueblo. Con su ayuda tal vez mi hija aparezca —dijo la anciana.

—Y dígame —preguntó doña Sofía—, ¿la vieron con alguien? ¿Tenía novio?

—No —dijo la anciana—. El día de la feria estuvo hablando con tres oficiales que vinieron de la ciudad, pero no se retiró mucho de nosotros. No escuchábamos lo que hablaba, pero si la mirábamos. Luego se retiraron dos y quedó solo uno con ella. Estuvo hablando el resto de la noche con ella. Cuando yo me acerqué para decirle a mi hija que nos fuéramos a casa, el capitán se fue, no pude verlo muy bien.

—Bueno, hablaré con mi esposo —dijo doña Sofía— para que pregunté a los trabajadores del campo si la han visto. Luego le aviso con uno de ellos, ¿está bien, señora?

—Gracias, muy amable. Disculpe por quitarle su tiempo.

—No hay problema. Y que le vaya bien —dijo Sofía.

Matilde habla:

—Señora, nunca en este pueblo había ocurrido algo así. Todos nos conocemos. ¿Qué está pasando? Ahora hay nueva gente viviendo por estos rumbos.

—Bueno, los únicos nuevos que han llegado al pueblo son los de la compañía del Ejercito que comanda Hernández.

—Sí, es cierto —contestó la empleada—. Pero no creo que ellos tengan a alguien con esas malas mañas.

—No hay que decir nada, es mejor escuchar y quedarnos al margen de las cosas, eso sí, con mucha precaución y cuidado, mientras se aclara esto de la joven.

¿Pasamos a tomar un refresco?

—Sí, señora, que estoy sudando con este calor. Pasemos a donde don Rogelio.

—Está bien, ahí son bien ricos —dijo la señora.

Se sentaron y se acerca el empleado:

—¿Les puedo tomar su orden?

—Sí —contestó doña Sofía—. Tráigame un refresco de pepita con mucho hielo. ¿Y tu, Matilde?

—Yo quiero uno de tamarindo con hielo también.

—Con mucho gusto —dijo el empleado y se retiró.

Estando ahí se acerca un carro del Ejército. Bajan Hernández y el oficial Enrique, quien acercándose a la mesa de doña Sofía exclama:

—¡Mira mira a quién tenemos aquí! —Acerca una silla con movimiento fuerte y la pone cerca de Sofía—. Hola, señora guapa.

El oficial y Matilde se quedan asombrados del comportamiento del capitán. Hubo unos segundos de silencio y Sofía le dijo al oficial:

—Enrique, siéntese, acompáñenos.

—Gracias, señora, muy amable.

—¿Y por qué a él si lo invitas a sentarse en la mesa con amabilidad y a mí no?

—¿Porque usted, señor, se sentó sin ser invitado? —contestó ella ya molesta.

—No importa —dijo él estirando su mano para acariciar su rostro.

Sofía se la empuja con su mano y se levanta rápido de la mesa. Al ver el movimiento que estaba pasando, todos se levantaron. Ellas se retiraron y él, alcanzándola del brazo, le dijo:

—No voy a descansar hasta hacerte mía.

Don Rogelio y el oficial se acercaron y le dijeron que se tranquilizara y que la dejara en paz. Se voltea a su oficial y le dice:

—¿Y a ti quién te manda a que me corrijas delante de la gente?

—Señor, solo estaba ayudando.

—¿Ayudando a qué? Desde hoy estás castigado, no tienes días de salida.

—Está bien, señor —contestó Enrique haciendo el saludo a su capitán.

Era notoria la actitud del capitán en los vecinos del pintoresco pueblito, muy agresivo su altivez, su orgullo. Se miraba a distancia el despecho que sentía por doña Sofía, la tenía entre ceja y ceja, y no descansaría hasta hacerla suya, a la fuerza, como era su costumbre. Y mirándola a distancia se decía en su mente: «No te vas a escapar, te voy a quitar ese orgullo. Te voy a hacer mía hasta que cuede sin fuerzas, ya lo verás», con una risa de lujuria en sus labios.

# Capítulo 8

## El misterio

Una noche la tempestad estaba muy fuerte. Todos en el pueblo dentro de sus casas, los truenos y relámpagos sonaban como queriendo decir algo.

—¡¡Patrón, patrón!! —gritaban los empleados de don Toribio.

—¿Qué pasa?

—Queremos ir a los potreros para ver el ganado porque los animales se asustan con tanto trueno.

—No, de ninguna manera es muy peligroso, no quiero que nada les pase.

—Está bien, patrón.

—Regresen a sus casas, mañana a primera hora nos vemos.

Cuando los peones iban por el camino vieron a alguien cabalgando. No se podía distinguir muy bien por la lluvia.

—Mira —le dice uno al otro—. No te muevas, quedémonos escondidos acá para ver quién es y para dónde va.

El personaje siguió recto camino al acantilado.

—Oye —le dijo Benito a su compañero—, ¿por qué se fue ahí?

—Yo qué sé —le contestó el compañero—. Mmm..., te pregunto porque ahí casi nadie va, y peor de noche y bajo esta tormenta y truenos. Qué raro, ¿no te parece?

—Sí —contestó el compañero.

—Pues yo lo único que sé que ahí vive una mujer muy mala y que en el pueblo no la quieren porque es bruja. Creo que se llama Macaria —dijo el compañero.

—Ay, Diosito —dijo Benito—, hasta el nombre tiene feo. Y sí, nadie quiere ir por esos rumbos, las únicas personas que la visitan son las que quieren trabajos malos. Yo te cuento, Benito, porque nací en este pueblo. Me criaron y acá sigo, yo conozco todas las historias de cada familia.

Mientras, en el cuartel...

—¡Oye! —le gritó un oficial al cabo.

Haciendo el saludo militar le responde:

—Dígame, mi oficial.

—¿Qué pasó con Enrique, todavía está en el calabozo?

—Sí, señor —contestó el cabo.

—Sáquelo, quiero verlo.

Y fueron al lugar, quitaron el candado y sacaron al preso. Lo dejaron en el suelo desmayado y sangrando de su espalda.

—Denle la vuelta —dijo el oficial.

Se dan cuenta de que estaba muy maltratado de los azotes que Hernández le dio.

—¿Quién hizo esto?

—El capitán Hernández —dijo el cabo.

—Pero qué barbaridad. Este hombre descargó su enojo con este hombre. Hay que hacer un reporte pronto. Y llévenlo al hospital, que lo atiendan rápido.

Pero, señor, ¿qué le diremos al capitán?

—No se preocupen, él también tendrá días de arresto.

Al día siguiente, cuando todo estaba en calma, los rayos del sol alumbraban sobre todo la tierra mojada del pueblito. Las personas salían a limpiar sus patios y a incorporarse a la faena de sus tareas del día. En la clínica se encontraba Enrique, el oficial. Entra a la habitación el coronel Guzmán.

—Buenos días, oficial —saludo él.

Enrique se quiere levantar de la cama para hacerle el saludo.

—No te preocupes, Enrique —le responde—. Estás en cama.

—Gracias, señor —responde el oficial—. Y cuéntame qué paso, quién te hizo esto, porque no entiendo nada.

Enrique se le queda viendo al coronel y le responde entre voz cortada y pausada:

—Bueno, señor —responde—, un momento, oficial —dice el coronel.

—No quiero mentiras, vaya al grano, quiero saber la verdad.

—Sí —contestó el oficial—. El oficial Hernández se molestó conmigo porque defendí el otro día a la señora Sofía.

—¿Y de qué la defendió?

—Pues él estaba hablándole de una manera muy grosera y faltándole al respeto con sus palabras y jaloneaba su brazo. Yo y el dueño de la tienda lo corregimos que la dejara en paz. Y fue cuando él me dijo que en el cuartel hablábamos. Cuando estuvimos solos me pegó con el látigo, muy enojado.

—Sí —contestó el coronel—, ya varias quejas tengo de este Hernández. Voy hacer un reporte y lo mandaré pronto a la capital del país para que sea removido de su cargo y de este lugar.

Y antes de salir le dijo:

—Tienes visitas.

Entró Matilde, que llevaba flores silvestres y una comida que había preparado para el oficial. Él la recibe con una gran sonrisa en sus labios. El coronel a los días hizo un reporte del trato a las personas y el mal carácter que Hernández tenía contra los que lo rodeaban.

# Capítulo 9

## Cielos despejados

Después de unos días con muchos sucesos y misterios en el pueblo, amaneció muy bello el día. Los campos verdes y el sol brillando con su hermosa luz. Todos en el pueblo se preparaban para enfrentarse una vez más a sus faenas, como en la casa de don Toribio.

—Esposa, ¿qué harás este día bueno? —le preguntó don Toribio a Sofía.

—Me quedaré en casa. Hoy le prometí a Julia pintar y jugar. Hasta que no esté segura de poder salir creo que no lo haré.

—¿Tienes miedo?

—Sí. Todavía no han encontrado el cuerpo de la joven que se perdió la noche de la feria.

—Muy cierto. Bueno, haces bien en quedarte, no sabemos qué tanto ocurrió. Siempre que hay tormentas así suceden cosas misteriosas.

—Sí, esposo. Tú vete tranquilo, acá me quedo en casa. Y ten cuidado tú también, acá te esperamos.

Saliendo de casa, a don Toribio se le acerca Benito.

—Patrón, buenos días. —Le saluda también con el sombrero.

—Buenos días. ¿Qué haces por acá?

—Le traigo noticias. Vengo de los campos y el ganado está bien, no se perdió ni una res. Pero hay lugares con mucha agua, imposible de pasar.

—Pediré ayuda a la alcaldía para hacer unas zanjas y que el agua corra para el río.

—¿Está bien, patrón? ¿Su familia bien?

—Sí. ¿Dónde estabas cuando la tormenta cayó?

—Pues íbamos con mi compañero a casa. ¿Y qué cree que vimos? Algo que no me pareció.

—¿Qué viste? Cuenta.

—A un personaje en caballo. Agarró el rumbo del acantilado, y pues en el pueblo sabemos que casi nadie va ahí, solo cuando quieren hacer sus trabajitos sucios. Perdón, patrón, yo sé que Macaria vive ahí y es su familiar lejano.

—No digas eso, pero no me gusta que Macaria esté envuelta en esas cosas. No le digas a nadie que es mi parienta.

—Está bien, señor.

—¿Y no se dieron cuenta si el que iba en el caballo anoche era hombre o mujer?

—No, llevaba una capa negra y la lluvia estaba muy espesa.

—Bueno, espero que pronto lo sabremos. No le hables de esto a nadie, Benito. Cualquier cosa vienes a mí.

—Bueno.

En eso se ha cerca el oficial Enrique. —Buenos días. ¿Todo bien por acá?

—Sí —contestó don Toribio—. ¿Y ustedes qué tal pues, buscando al capitán Hernández?

—No lo vemos desde anoche.

—¿Y dónde fue la última vea que lo vieron?

—En el cuartel, pero dijo que saldría un momento y no ha regresado.

—Mmm... —murmuró don Toribio viendo a Benito—. Qué raro... Pues si lo vemos le diremos que se reporte porque están preocupados. Nosotros vamos al campo ahorita. Tenga un bonito día, oficial.Mientras, en el cuartel el coronel pasaba lista caminando entre línea y línea de los soldados. Después de eso les preguntó:

—¿Qué pasó con Hernández? ¿Saben algo de él?

—No, coronel.

—Ya tiene veinticuatro horas de desaparecido. ¿Buscaron por todas partes del pueblo?

—Sí, señor.

—Bueno, esperemos que pronto aparezca.

Haciendo el saludo los soldados rompieron filas.

—Enrique —dijo el coronel—, usted se queda, venga conmigo. ¿Qué pasó con el encargo que le pedí?

—Señor —dijo el oficial— nadie sabe de la muchacha desaparecida.

—Qué extraño... Dos personas en una semana desaparecidas. No puedo creerlo. Los habitantes de este pueblo dicen que personas desaparecidas nunca había habido acá, pero sí misterios en las noches de luna llena y tormentas.

—Bueno, señor, estaremos atentos a la búsqueda, tal vez mañana aparezca o regresa Hernández.

—Ojalá, ojalá... —se retiró diciendo el coronel.

# Capítulo 10

## El lamento

Mientras, en la choza del acantilado había un hombre postrado en una mesa en malas condiciones. Se quejaba de un dolor en su brazo izquierdo fracturado. Más adentro de la habitación, se dejaba ver en el suelo una especie de estufa hecha de roca y encendida con leños secos del bosque. Sostenía una olla negra, la cual humeaba del sahumerio que contenía adentro. Unos pasos de mujer arrastrando una falda larga se acercan a donde está el herido, diciendo:

—¿Hernández? ¿Hernández? ¿Me escuchas?

—Me duele, me duele mucho.

—Te preparé un brebaje, tómatelo y te vas. Yo no quiero tenerte acá. Ya tenés dos días y no me gusta tener gente en mi casa.—¿Y cómo me voy si el caballo cuando me tiró se fue?

—Bueno, es tu culpa. Nadie sale en luna llena y noche de tempestad en este pueblo. ¿No sabes la leyenda?

—¡Ah, qué tonterías dices, Macaria! No existe tal cosa.

—Yo no estoy hablando de leyendas, yo hablo del personaje de la carreta negra, es verdad.

—Pues yo no vi nada, solo me acuerdo de que el caballo se asustó, paró sus patas delanteras y me tiró al suelo. Y hasta ahorita que me despierto acá contigo.

—Pues yo no sé quién te trajo a la puerta de mi choza, con eso te digo todo. Y dime, ¿dónde tienes a la joven del pueblo? La están buscando.

—No me importa, ya tuve lo que quería con ella.

—¿Dónde la tienes?

—En una casa vieja más arriba de la montaña.

—Nunca has cambiado, siempre de joven eras cruel con las mujeres.

—¿Qué te importa?

Deja de preguntar y no te metas en mi vida, yo hago lo que yo quiero.

—Tómate esto y te vas.

—Préstame un caballo.

—Tienes que pagar, por ese favor no cargo dinero.

—Pero favor con favor se paga...

—Está bien, pero si no me cumples te arrepentirás.

—¿Qué, me convertirás en sapo? ¡Ja, ja, ja! —y se marchó.

Ese día se inició una reunión en la plaza principal del pueblo. Se habló acerca de la desaparición de la joven y de Hernández. También don Toribio aprovechó la ayuda de abrir zanjas para que el agua acumulada de la tormenta en los campos desembocara en los ríos. Todos opinaban quedando de acuerdo. Mientras daban por terminada la reunión aparece un jinete casi cayendo del caballo que lo conducía al centro del pueblo. Todos volteando a ver y gritaron:

—¡Es Hernández! ¡Es Hernández!

Le ayudaron a bajar del caballo y lo llevaron de inmediato a la clínica del cuartel.

Mientras, en la casa vieja de la montaña se escuchaba el llanto y los quejidos de una mujer. Se encontraba amarrada de manos y pies, y muy golpeada de su cara y sus ropas rotas.

Se escuchan unos pasos acercándose a ella, y empieza a temblar de miedo y a decir:

—¡Por favor, no me haga daño! ¡Suélteme, quiero irme a casa, por favor!

Y seguía llorando. Entonces se da cuenta de que una mujer con falda larga está frente a ella y le pregunta:

—¿Quién eres? Por favor, no me haga daño, suélteme.

Macaria se arrodilla para mover el pelo de la cara de la infeliz que yace en el suelo. Cuando descubre el rostro de la joven, se levanta asustada y corre afuera temblando de pánico, murmurando para ella misma diciendo: «Se lo dije a Hernández, que tendría problemas con esta joven. Es pariente de doña Bertha. ¿Qué hago?». Caminando par un lado y otro, y entrando de nuevo al lugar, le pregunta a la joven:

—¿Quién te trajo aquí.

—No sé.

La joven entonces se desmayó.

En la taberna se reunían los hombres para salir un poco de la rutina y del trabajo pesado del campo. Otros aprovechaban para llevar a cabo sus maldades poniéndose de acuerdo, como Hernández y sus cuatreros, en unas de las mesas que estaba al fondo del establecimiento. Allí se encontraban Hernández y sus compinches.

—Quiero que vayan a la choza de Macaria y le lleven un recado mío. Díganle que ya sé que ella se llevó a la joven para su choza y que yo la quiero de regreso, si no lo hace yo iré en persona. Y no le irá muy bien que se diga.

—Está bien, capitán —dijeron los hombres y se marcharon al acantilado.

# Capítulo 11

## Luna llena

De nuevo en el pueblo. La gran novedad de la noche de luna llena. Siempre que salía, la gente se ponía nerviosa. Contaban las leyendas del pueblito que cada luna llena salía a cabalgar por las noches una carroza negra jalando unas cadenas, y que nadie podía salir ni abrir puertas o ventanas, porque los amarraba con las cadenas a la carroza y se los llevaban, y nunca más aparecían.

Don toribio despachó a sus empleados temprano. Él era un hombre culto de estudios, pero no dejaba que su conocimiento se opusiera a que su gente estuviera en peligro y respetaba sus creencias.

El alboroto en los mercados y tiendas del pueblo, gente corriendo y cerrando temprano sus negocios y encerrándose en sus casas. La tarde iba cayendo lentamente como un día normal, pero la comunidad de El Rincón no lo miraba de esa forma, sentían que pronto apareciera la carroza negra de luna llena. Así el manto de la noche fue lentamente arropando el pueblito pintoresco, quedando completamente oscuro. Pero los destellos de una luna hermosa iluminaban la noche.

Mientras tanto, en un cuarto de la taberna se encontraba Hernández poniéndose su ropa, mientras entre las sábanas todavía la mujer con la cual así un momento él terminaba su encuentro amoroso.—¿Por qué te marchas? —le dijo ella—. Es peligroso, es luna llena y hoy pasa la carroza negra.

—¿Ustedes se creen todo lo que se cuenta por estos rumbos? Eso es pura mentira.

Yo soy un militar y tengo tantas experiencias con cosas que sí son de verdad y muy peligrosas, donde expones tu vida por la de otros.

—Bueno, yo no más te recuerdo.

—Tengo que arreglar un asunto por el acantilado.

—¿A esta hora?

Él se le echa encima y le pone sus manos en el cuello apretándolo.

—¿Qué te importa? Ya déjame en paz. No me interesan tus comentarios, tu solo eres un pasatiempo, no te confundas. Si vengo a estar contigo solo lo hago para saciar mi necesidad de hombre.

La tira contra la pared y con la misma furia sale del cuarto. Monta en su caballo y se dirige al acantilado.

Unos años atrás don Toribio, Macaria, doña Sofía y Hernández asistían a la misma escuela de adolescentes sus edades oscilaban entre los 12 a 14 años. Pero siempre Hernández pretendía a doña Sofía, l

a cual no tenía ni un interés en él. Siempre ella trataba de acercarse más a Toribio, pues él era más tranquilo y no tenía problemas con nadie en el pueblo, lo querían porque fue siempre un muchacho respetuoso y muy atento con los vecinos. Una noche que se celebraba el día del carnaval, la escuela preparó un baile en el que coronarían a la reina. En esa fiesta Hernández sacó a bailar a Sofía y Macaria se enojó. Los fue a separar, reclamándole a Hernández que bailaría con ella. Al ver ese escándalo, Sofía empezó a bailar con Toribio y Hernández agarró celos, saliendo muy enojado. Macaria corrió tras el diciéndole:

—¡Espérame! ¿A dónde vas?

Cuando Sofía y Toribio vieron eso, salieron del establecimiento a buscarlos. Les preguntaron a los alumnos que estaban a fuera si los habían visto y les dijeron que fueron hacia el bosque.

Cuando ellos se acercaron, Macaria estaba tirada en el suelo con sus ropas rotas y llorando. Toribio le preguntó:

—¿Quién te lo hizo? ¡Dímelo! Fue Hernández, ¿verdad?

Ella solo lloraba y no contestaba. Entre los dos la llevaron a casa. Después de ese acontecimiento, a los días, Sofía y Toribio fueron a casa de Macaria a preguntar cómo estaba. Su mama dijo que salió a visitar a unos parientes y se quedaría un tiempo por esos rumbos.

Con el tiempo Macaria regresa al pueblo, pero fue cuando visitó a doña Sofía, y ni por la mente le pasó reconocer a la niña pecosa que habían ultrajado y violado hacía unos veinte años atrás. Claro, con el pasar del tiempo el cambio fue drástico para Macaria, como hemos leído en los primeros capítulos.

Volviendo al presente, el jinete cabalgaba a prisa en la densa oscuridad de la noche y solo la luna iluminaba su camino.

47

De repente oye un estruendo de ruidos tenebrosos frente de él y el caballo se para en sus patas traseras, aventándolo y golpeando su cabeza contra el árbol que estaba justo ahí, perdiendo pronto el conocimiento.

# Capítulo 12

## La joven es encontrada muerta

Pasados tres días de la luna llena, en casa de don Toribio y familia, doña Sofía le comenta a su esposo que irán al río a refrescarse y volverán hasta en la tarde.

Mientras tanto, en la puerta se escucha que alguien llama

—¿Quién? —dice la señora.

—Soy Matilde.

—Entra.

—Señora, ¿a qué hora nos iremos al río?

—Solo termino con este chal que me lo encargaron.

—Está quedando muy lindo, señora. Quiero que me enseñe a tejer. ¿De quién es?

—De la señora Bertha. Bueno, vámonos al río. Tienes todo preparado, ¿verdad?

—Sí, señora.

—Muy bien.

Salieron de su casa y empiezan su caminata al río.

—Señora, ¿qué pasó con la joven que se perdió? ¿Aún no la han encontrado?

—No, todavía no.

—Mmm... Qué raro, ¿verdad? Nunca por estos lados ocurrió algo así.

—Pues ya ves que nunca falta un pelo en la sopa.

—Es cierto. Me contaron hoy que fui a traer verdura al mercado que el que no aparece es Hernández.

—¿Quién te lo dijo?

—El oficial Enrique.

—Ojalá que nunca aparezca. Perdóname, Dios mío, es que me cae tan mal... Me repugna escuchar su nombre y verle la cara me da asco. Ese hombre no sé por qué está aquí. Hablaré con Bertha para que con sus influencias lo retiren de este pueblo. Ella me ofreció ayuda el otro día.

—Qué bueno, señora.

Cuando llegaron al río, más de dos familias ya estaban dentro del agua. Saludaron a doña Sofía. Se acomodaron en las piedras, dejaron su canasta de comida y toallas, y se metieron al agua. El día estaba soleado, muy caluroso, pero el agua fresca del río calmaba el calor del cuerpo.

Así pasaron las horas, comiendo, bañándose y hablando.

—Mira quién viene ahí —dijo doña Sofía.

Matilde levantó la mirada y sonrió de alegría.

—¿Tú le avisaste?

—Sí, porque son novios? Señora, tenemos una semana que Enrique me pidió ser su novia.

—¿De verdad? Esto es una buena noticia, Matilde, ¡qué calladito lo tenías!

—Bueno se lo iba a decir porque él quiere ir a su casa y pedir permiso a don Toribio y a usted.

—¡Ja, ja, ja! Está muy bien que vaya a casa, eso indica que tiene buenas intenciones contigo. Preparemos una cena y luego le avisas.

—Gracias, señora.

Enrique se acerca y

las saluda. Toma su lugar en la arena donde estaban sentadas y se bebe un refresco. Mientras se encontraban relajados y compartiendo chistes y pláticas, los perros empiezan a ladrar avisando de que en un lugar escondido del río donde ellos se encontraban había algo que olían y avisaban con sus ladridos. Los hombres, incluyendo al oficial Enrique, se levantan del lugar y se dirigen a observar qué los perros encontraron.

Por la dificultad de no poder bajar al lugar, solo tres hombres bajaron, agarrándose de los bejucos y ramas más gruesos caídas de los árboles. Cuando llegan al lugar, empiezan a gritar:

—¡Es la joven perdida! ¡Está muerta! ¡Llamen a la policía y a una ambulancia!—Matilde —dijo la señora—, vámonos, recojamos todo rápido.

Mientras Julia dice:

—Mami, mami, no todavía no, está rica el agua, quedémonos un ratito más.

Doña Sofía la carga y le explica que no pueden quedarse por lo que está sucediendo. Mientras los soldados, policías y enfermeros venían al lugar del acontecimiento.

Pasadas dos horas don Toribio fue avisado del suceso. Llegó al lugar para recoger a su familia. Pero nadie podía salir del lugar hasta tomar información de cada uno de los que estaban ahí. Llegando a casa don Toribio le dijo a su esposa que antes de tirar a la joven al río había sido violada y golpeada hasta quitarle la vida. Muerta la arrojaron al río, para borrar toda evidencia. Mientras, en el acantilado, Hernández le grita a Macaria:

—¡Te dije que no sacaras a la joven de la choza! ¡Te lo advertí, Macaria! Pero eres terca.

—Poco hombre... También a mí me violaste hace años. No tienes respeto ni dignidad por las mujeres, todo por la Sofía esa. Nunca te hará caso, ella jamás te ha querido.

—¡Tú y todas las mujeres! ¡Las odio! —respondió el.

—Estás borracho y no sabes lo que dices.

—¡Cállate, maldita, o te quemo el rostro!

—¡No, no! ¡Ay!

Mientras el tizón con brazas rojas quema la mejilla derecha de Macaria esta cae desmallada. Entonces por la espalda alguien le pega en la cabeza a Hernández, que se desploma en el suelo. Una cara pálida y manos temblorosas de un joven enfermizo se acercan a Macaria diciendo:

—¡Mamá, mamá, despierta! ¡Despierta, mamá! —La mejilla de Macaria está deshecha por lo caliente del fuego destilando sangre y en muy mal estado.

El joven con dificultad pone sobre una cama el cuerpo desmallado de su madre, dándole primeros auxilios con gasas y medicina hecha de hierbas. Las pone en su rostro quemado. Mientras, él limpiaba las lágrimas que salían de sus ojos de ver a su madre en esa situación tan mal. Cuando Hernández se dirigió a casa de Macaria, primero violó a la joven otra vez y luego descargó su furia contra ella hasta matarla. Luego la tiró al agua y que la corriente se la llevara río abajo. Y es ahí el lugar donde la joven fue encontrada sin vida. Por la mañana de ese día.

# Capítulo 13

## El adiós

El llanto y tristeza se dejaba ver en los rostros de amigos y familiares de la joven, que descansaba dentro del ataúd, de los maltratos y violaciones de su agresor. La caravana había salido de la casa de donde vivía la joven. Unos días atrás, la mayoría del pueblo acudió al funeral de la joven, pues era conocida y muy bien recordada por su amabilidad, educación y respeto, los vecinos no entendían por qué la joven pasó todos estos maltratos. Según contaban en el pueblo nunca se había oído tan degradable noticia.

Mientras que le daban el último adiós a la joven, en la clínica del pueblo la mujer de la taberna recobraba el entendimiento. La enfermera se acercó y le preguntó si podía recordar quién la agredió. Ella contestó con dificultad:

—Me duele la cabeza...

—Tomará unos días para que no sienta el dolor por el golpe —contestó la enfermera, y le volvió a hacer la pregunta—: ¿Recuerda algo? ¿Quién le hizo esto?

La mujer se puso a llorar. En eso entró el oficial encargado del caso preguntando:

—¿Todo está bien?

—Sí —contestó la enfermera—. Solo tiene dolor de cabeza, le traeré un calmante.

—Muy bien. Mientras, yo le haré unas preguntas. Dígame su nombre.

—Rosa.

—¿Dónde usted se encontraba la noche de su accidente?

Ella guardaba silencio sollozando.

—Escúcheme, si usted no reporta quién le hizo esto habrá más víctimas, porque el agresor estará suelto, así que mejor le pido que colabore.

Con miedo y arrastrando las palabras le pregunta al oficial:

—¿Usted me promete que estaré a salvo si yo declaro quién me hizo esto?

—Claro que sí, esto es confidencial.

—Bueno... Yo me encontraba en mi habitación en la taberna, pues trabajo ahí y doy servicio a los hombres. Usted me entiende, ¿verdad?

—Sí, claro —dijo el oficial viendo su libro de notas y escribiendo lo que ella declaraba.

—Esa noche era la última luna llena que acababa de pasar. Me encontraba en mi trabajo y llegaron varios oficiales y gente del pueblo como todas las noches.

Pero esa noche era macabra, llena de espanto y misterio. Siempre que hay luna llena sale la carroza negra y pasa algo en el pueblo. Cuando servía, en una de las mesas que estaban en el rincón de la taberna, se encontraban Hernández y sus hombres.

—¿Los oficiales? —le preguntó el encargado del caso.

—No, no, él tiene gente que trabaja para la gente que vive en el campo.

—¿De verdad? ¿No me está mintiendo?

—Señor, no le miento.—Bueno, prosiga...

—Cuando me retiraba a mi cuarto, el encargado del establecimiento me dijo que tenía una persona que atender. Cuando entré a mi recámara era Hernández. —Rompió en llanto—. Cuando el oficial salió del cuarto del hospital la enfermera le preguntó si la paciente había declarado y él respondió que sí, pero uno de los hombres que trabajaba para Hernández estaba escuchando y corrió a darle la noticia. Cuando escuchó lo que estaba diciéndole se enojó y le dijo: «Llévate a esa mujer a la cabaña del acantilado y la dejas ahí». «Está bien, capitán», y se marchó. Unos días más tarde la mujer de la taberna apareció muerta también.

Mientras, en la choza de Macaria, su hijo le pregunta quién era su padre y ella no encontraba las palabras correctas para decirle la verdad.

—Bueno, ¿y por qué me preguntas eso, hijo, si nunca me lo has preguntado?

—Dime la verdad, mamá, tengo derecho de saberlo.

—Bueno, él murió...

—¡Mamá, no, mientes! Yo escuché el otro día cuando ese capitán estaba acá, que tú le reclamaste que te había violado.

¿Acaso soy el fruto de una violación? Dímelo, ¡responde! —dijo ya violento el muchacho.

Ella se le acercó y le dijo:

—No vuelvas a decir eso.

—Entonces dime la verdad.

—Está bien. Siéntate, te contaré la historia.

Cuando ella contaba la verdad a su hijo, él se enfurecía más y le dijo a su madre:

—¡Yo voy a matar a ese hombre, te lo juro que lo haré!

—¡No, es tu padre!

—No necesito un padre como él, no tiene respeto ni un poco de sentimiento para las personas. Además es un asesino y violador.

—No, hijo, no lo hagas. —Macaria quería detener a su hijo, que se marchaba—. La culpa es de Sofía.

—No, mamá, mi tía Sofía no tiene nada que ver en esto.

—No la defiendas, que por culpa de ella Hernández nunca te quiso.

—¿Estás loca, mamá? ¿Todavía lo defiendes?

Enojado, salió de la choza y ella, dijo con enojo ira y despecho:

—Si Hernández muere, ella también muere, de eso me encargo yo —y corrió a la selva a buscar unos sapos venenosos para preparar un brebaje para matar a Sofía.

En casa de don Toribio las cosas por el momento estaban calmadas. Ellos se estaban deleitando con su taza de café que siempre acostumbraban a tomar por las tardes. Esta vez se encontraban en su jardín cuando la empleada se acercó a ellos y se dirigió al señor diciendo que le buscaba un joven. Don Toribio le responde que lo pase al jardín. Cuando el joven se acerca saluda con humildad y un poco de vergüenza con sus manos atrás y agachada la cabeza.

—Buenas tardes —responde don Toribio—. ¿En qué te puedo servirte, muchacho?

—Disculpe que me presente de esta forma. Soy hijo de Macaria. Hace tiempo que quería conocerlos y también a mi tía Sofía.

El señor y la señora se quedan atónitos, asombrados de la visita del joven.

—¿A dónde está tu madre, muchacha? —dijo la señora.

—En casa.

—Disculpa, pero no sabía de tu existencia —dijo el señor.

Jalando una silla empezaron a hablar y a contarle dónde, cuándo y cómo él vino al mundo.

# Capítulo 14

## Veneno

Pasado un tiempo, siempre ocurrieron en el pueblo más desgracias, desapariciones y muertes de mujeresUn día, como de costumbre, Matilde fue de compras al mercado por los vegetales que se prepararían ese día para el almuerzo en la hacienda. Y estando en el mercado se encuentra con Macaria. Pero cuando Matilde se voltea para seguir su camino, a propósito Macaria le pone el pie y la empleada se desvanece, cayendo juntamente las verduras con ella. Inmediatamente Macaria le ofrece su mano para levantarla del suelo y ayuda a recoger las verduras. Matilde le dice molesta:

—¿Y usted qué tiene? ¿Por qué no se fija por dónde camina? Mire lo que provocó con su torpeza.

—Disculpa, Matilde...

—¿Y cómo usted sabe mi nombre?

—Bueno, sé que trabajas en casa de Toribio, mi primo lejano.

—Ah, ya recordé de usted. Hace como dos años usted se presentó muy arrogante en casa de la patrona.

—Sí, soy yo.

—¿Y ahora qué le dio por ser amiga con una? —le dijo la empleada.

—No, nada, solo que quiero que le lleves estos aguacates a Sofía, en agradecimiento a que ya mi hijo tiene unos meses trabajando en la hacienda.

—Pues dele las gracias al patrón, él le dio el trabajo a su hijo.

—Sí, pensé en eso, pero sé que tú eres la dama de compañía de la señora. Le dices de mi parte que gracias.

—Y qué calladito se lo tenía, ¿verdad? —siguió diciendo Matilde, molesta, frunciendo su frente—. ¿Qué creyó, que nadie se enteraría que tuvo un hijo?

—Yo sé que no te caigo bien —respondió Macaria.

—Pues, la verdad, no, usted no me inspira confianza. —La empleada se dio la vuelta y se marchó. Mientras se volteaba y le iba haciendo caras.

Cuando sirvieron el almuerzo la patrona se le queda viendo a Matilde y le pregunta:

—¿Qué te pasa? ¿Por qué estás molesta?

—Es que se me apareció el diablo y me caí por culpa de él.

—¿Cómo así? Explícame —le dijo la señora riéndose al mismo tiempo.

Matilde le explica con lujo de detalles el acontecimiento. La señora lloraba del ataque de risa cuando escuchaba la historia de su empleada.

—Discúlpame, pero eres tan graciosa al contar tu historia...

—Usted se ríe, pero es cierto.

—Está bien, pero dime, ¿quién era y por qué le dices diablo?

—Pues hasta usted se irá de espaldas cuando se lo diga...

—¿Quién?

—Bueno, ahí le va... ¿

Usted se acuerda hace dos años, cuando alguien entro sin avisar a la casa y dijo que era familiar lejano del patrón? Era una mujer fea, pecosa y desgreñada, ¿se acuerda? Usted mandó llamar al capataz para sacarla de la casa. Bueno, era nada más y menos que Macaria...

—¿Macaria? —con asombro responde la patrona.

—Le dije que usted se asustaría. Yo sospecho de esa mujer por nada bueno. Me salió al encuentro, no me gusta nada.

—Macaria... —dijo en voz baja la señora remontándose al pasado cuando eran adolescentes—. Si no me dices que era Macaria la que vino hace dos años acá yo no me entero, ¡pero qué cambio tan drástico de personalidad!

—Sí, si era fea de joven ahora esta horrible.

—No, no, no la juzgues.

Ella fue víctima también del Hernández, y muchas mujeres como ella no fácilmente salen del problema.

—Señora, usted se pasa de buena. Si Macaria tuviera una pizca de buenos sentimientos no habría elegido vivir de esa manera.

—¿Y cómo es la manera según tú que ella vive?

—Pues leyendo las cartas y haciendo trabajos malos para la gente. Le llaman la bruja del acantilado.

—¿Cómo? ¿Me estás diciendo que Macaria es la que vive en el acantilado? ¿Qué parte de la historia me perdí?

—Señora, con respeto le digo que usted toda la historia se perdió.

—¿Y Toribio sabe esto?

—Me imagino que sí, señora. Y hablando del rey de roma y el que se asoma —dijo sonriendo Matilde.

Entrando don Toribio saludó a los empleados y con un beso en la frente a su esposa. Enseguida sirvieron los alimentos, entre ellos los aguacates favoritos de la señora.

—Matilde —dice la señora—, ¿solo un aguacate compraste?

—No, fueron dos porque dijo don Pío que ya se está acabando la temporada y trajo unos pocos de estanzuela. Compré dos, pero por lo del accidente solo recogí uno, el otro se aplastó.

—Está bien, no hay problema, me comeré este.—¿Qué accidente? —preguntó don Toribio.

La señora le contó lo que había ocurrido a Matilde. Él le responde a su esposa que tuviera mucho cuidado con esa pariente lejana y que perdonara que no la hubiera puesto al corriente, pero con tantas cosas que estaban pasando en el pueblo se le había olvidado.

Al día siguiente doña Sofía no se sentía bien su estómago, estaba inflamado y le costaba respirar. Don Toribio inmediatamente la llevó al hospital para que la revisaran y quedó ahí hasta que el doctor le diera los diagnósticos de su esposa.

# Capítulo 15

## La muerte de Hernández

El jinete galopaba a velocidad, sin importar que el caballo golpeara sus cascos contra piedras y ramas del camino. Jadeando y con mucha prisa, el pobre animal es jalado de los estribos para parar brutalmente, levantando polvo y tierra delante de Macaria, que hacía agachada en su pequeño jardín de hierbas. Dijo asustada:

—¿Qué te pasa? ¿Me quieres matar del susto? ¿Qué tienes? Bajando enojado del caballo, la levanta de los hombros y le pregunta:—¡Dime que no tuviste nada que ver con lo que paso a mi tía Sofía, dímelo!

—¿Y yo qué voy a saber que está pasando en la hacienda?

—No mientas, mamá, te vieron en el pueblo ocasionando un problema con Matilda.

«Criada chismosa... Me desquitaré de ella también», enojada pensaba cómo dañar a la empleada. Viendo a su hijo le pregunta:

—¿Qué tiene Sofía?

—No mientas, mama, yo sé que tú tienes que ver con esto. ¡Mi tía se muere! Tiene tres días internada, está muy mal. ¿Sabes? Me avergüenzo de ti y de ese fulano que dices que es mi padre.

Entonces escuchan un ruido en los árboles.

—Cállate —le dice Macaria a su hijo—, no quiero que nos escuchen...

Mientras Hernández sale de detrás de los árboles, se acerca y agarra a Macaria del cuello diciéndole:

—¿Cómo que tienes que ver con lo que pasa con Sofía? Dímelo, bruja.

Ella balbuceando pretendía decir algo, pero no podía por las manos gruesas sobre su cuello.

Aventándola al suelo, agarra al joven por detrás y poniendo una daga en su garganta le pregunta:

—Dime, ¿le provocaste un mal a Sofía?

Ella llorando le decía una y otra vez que no, hasta que él le dijo:

—Si no me dices la verdad mato a tu hijo.

Entonces ella tuvo que decir todo lo que había hecho. Después que ella terminó de contar su historia, él empujó al joven y quedó ensartado sobre una rama seca de un árbol en el suelo. Viendo esto, Macaria se tira dando auxilio a su hijo, reclamando al capitán por qué lo había hecho, si el joven era su hijo. Él respondió:

—¿Y tú crees que a mí me importa? ¡No! Métetelo en tu cabeza: no me importas tú ni tu hijo. Me das asco, bruja.

De pronto el semblante de Macaria cambia. Le entra un sentimiento más fuerte de odio, rencor y venganza. Se levanta, sacude sus faldas largas, se acerca a un pequeño canasto que tenía cerca, lo abre con cautela, mete su mano y lo que saca se lo tira a Hernández que no lo ve porque está de espaldas y cae en su cuello. Él dió un grito de dolor y cayó al suelo sin vida por la mordedura del coral. Macaria se agacha para arrastrar a su hijo a la mesa para prepararlo y darle sepultura. Luego como pudo subió el cuerpo de su agresor sobre el lomo del caballo y dándole una nalgada el caballo galopó llevándose el cuerpo del capitán.

El rostro de Macaria estaba pálido y con rasgos de dolor por la pérdida de su único hijo, que, a pesar que fue fruto de una violación, ella lo amaba. Pero como madre nunca supo criar a su hijo, el cual la vida le arrebataba de esa forma tan cruel y dolorosa. Su odio a Sofía le llevó a esa situación de perder a su muchacho y de tener a su víctima de un hilo a la muerte en la cama de un hospital. Macaria habla para sí: «Si Sofía muere ya no tendré problemas de heredar esa fortuna y la hermosa hacienda. Solo el único estorbo es esa mocosa de Julia, pero yo me las arreglo para sacarla del camino». Después de enterrar a su hijo empezó a hacer sus maletas porque estaba segura de que en dos días más Sofía sería historia, ella cambiaría de domicilio y se mudaría a la hacienda.

Se preparó unos brebajes más, porque ya no visitaría esos lugares y necesitaba llevar con ella todo lo necesario para tener todo a la mano.

Mientras, en el pueblo el alboroto de la gente porque había aparecido muerto Hernández. Las autoridades se hacían cargo del problema preparando para enviar el cuerpo a sus familiares.

Esa noche Macaria recibe una visita: la carroza negra. Macaria sale de su choza y entra a la carroza, perdiéndose entre la neblina y oscuridad de la noche , donde se escuchaba la voz de Macaria diciendo:

—¿Por qué me has ido a recoger? No es el tiempo,

El espectro que hablaba con ella le responde con voz fuerte y ronca:

—Teníamos un pacto.

—Estoy por cumplirlo —le responde ella—, pero sucedió algo: me mataron a mi hijo. Pero lo vengué, él también está muerto.

—Deja de cometer errores, yo no pedí a esos dos.

—Tú sabes que yo te pedí que los quería pronto.

—Bájate —respondió el espectro, y jalando los correas de los caballos con prisa se alejaron.

# Capítulo 16

## El funeral de Sofía

Don Toribio se encontraba acostado abrazando el camisón de seda de su esposa, que noches atrás él con cariño y pasión la despojaba para saciar del sabor de su esposa, que de igual manera perfumaba ambos cuerpos. Lloraba como un pequeño cuando lo arrebatan del ser más querido. Hacía unas horas que le habían entregado el cuerpo ya sin vida de su amada. Se preguntaba una y otra vez por qué la vida le volvía a dar un golpe duro que partió su corazón.

De pronto la puerta se abre: era su pequeña Julia. Corriendo a él lo abraza y subiéndola a su regazo la besa y la abraza con cariño, diciéndole:

—Nos quedamos solos, hija.

—¿Por qué, papi? —responde la inocente limpiando las lágrimas del rostro de su padre.

—Mami se ha ido.

—¿A dónde? ¿Se fue con Angelita? —Sí, hijita, se fue con Angelita.

—Papi, no llores —sigue diciendo la niña, con su vocecita inocente.

Él solo la abraza y le besa en la frente.

En la puerta de la recámara se para Matilde hablando:

—Señor, ya está todo preparado. En el salón grande como mandó tenemos a la señora. Dimos la noticia a parientes y amigos que a las seis de la tarde pueden empezar a llegar.

—¿Prepararon el café y el pan como si estuviera ella verdad?

—Sí, patrón, todo está a la altura de doña Sofía.

—Muy bien. Encárgate de Julia, por favor, no la dejes sola.

—Muy bien —respondió la empleada limpiando sus lágrimas y sintiendo el dolor en su corazón por la pérdida de su amada patrona. La quería mucho, como si fuera su propia madre.

Esa noche estuvo muy concurrida la casa de familiares y amigos, gente yéndose y viniendo a darle el pésame a don Toribio. Llegó también la madre de doña Sofía. Inmediatamente el patrón cuando la vio se la llevó al estudio. Pasaron un buen rato platicando.

Los toques en la puerta de la oficina detuvieron la conversación. Entró Matilde.

—Señor, lo busca el oficial Enrique.

—Hazlo pasar.

Despidió a la anciana y entró el oficial, que lo saludó y le dio el pésame, diciendo:

—Don Toribio, disculpe la interrupción, solo paso para informarle de que Hernández fue encontrado muerto, del piquete de un coral. El hijo de Macaria murió de una caída.

—¿Cómo? Explíqueme qué pasó.

El oficial le contó todo lo que había sucedido en esos días.

En la cocina se encontraban tomando café Matilde y la madre de Sofía. Llorando le dice a Matilde:

—Estoy muy perturbada, porque mi hija en tan poco tiempo se nos fue. No lo entiendo, si ella estaba llena de vida, no tenía ninguna enfermedad... ¡Oh, Dios! ¿Por qué mi hijita se nos fue? ¿Por qué? —Empezó a sollozar.

Matilde le lleva un té de tilo.

—Tómelo, le caerá bien.

—Gracias, tú tan atenta, Matilde.

—Pues ustedes son mi única familia y yo los quiero mucho, sin ningún interés.

De regreso del entierro de doña Sofía, el patrón reúne a todos los empleados de la hacienda y les comunica que desde ese momento en adelante las cosas cambiarán.

—No estando la señora, yo doy las órdenes. Cualquier cosa que ocurra, digan a Matilde. Ella dará las razones o quejas de lo que suceda.

Dijo también que la madre de su difunta esposa se quedaría un tiempo en casa, que la tratasen con respeto como si fuera la patrona

Terminando de hablar se retiró a su habitación y dejó dicho que no fuera molestado.

Pasados unos días del fallecimiento de Sofía, llega el doctor de la familia a la hacienda, tocando la puerta del portón. Nadie respondía. Sacando su pañuelo se limpiaba el sudor de su cara. Entonces, Macaria, viendo su oportunidad que ya días estaba buscando para hablar con don Toribio, sale de su escondite y se acerca al doctor. Él se asombra al verla.

—Disculpe, ¿busca a alguien?

—Sí —responde el medico un poco asombrado—. ¿Quién es usted?

—Soy familiar del dueño de la hacienda —dijo Macaria con mucha altivez—. ¿Qué lo trae por acá, doctor.

—Traigo los resultados de la causa de la muerte de Sofía. Busco a don Toribio. ¿Sabes a qué horas viene?

—No, ni lo espere. Con eso que se murió su esposa casi no viene por acá, se queda mucho tiempo en el campo.

—¿De verdad? Pobre Toribio... Me gustaría hablar con él, pero no tengo tiempo. ¿Puedo dejar los resultados contigo para que se los des cuando le vieras?

—Sí, con mucho gusto, yo se los doy dijo ella.

El médico, confiando en la bondad de la mujer, se los entregó en sus manos.

# Capítulo 17

## Macaria, dueña y señora de la hacienda

Pasados unos meses en el pueblito, se corría la voz de que don Toribio no se aparecía para ver los asuntos de sus negocios ni por el cuidado de su pequeña heredera. Él juntamente con su esposa murió. En el campo, él tenía una pequeña casita donde se quedaban cuando el trabajo terminaba tarde. El otro lugar que detenía al patrón, el cementerio, hablando durante horas sobre la tumba de su amada.

Viendo la oportunidad Macaria un día se le acercó con palabras lisonjeras y de mucho convencimiento, diciéndole que el dolor de perder a un ser querido los azotó a los dos, él perdiendo a su amada esposa y ella a su único hijo.

—Por lo tanto, solo estamos tú, Julita y yo, y la verdad es que no quiero seguir viviendo sola en esa montaña.

Él se quedó callado y después dijo:

—Te espero dentro de dos días en casa. Hablaremos. Vete ahora, déjame solo.

Macaria se retiró con una gran sonrisa en sus labios y viéndolo repite en su mente malévola: «Caíste en mi trampa, ¡ja, ja, ja!».

Mientras, en casa Matilde le pregunta a la madre de su patrón cuándo se iría. La anciana le responde que aún no sabía.

—¿Por qué?

—No quiero que usted se vaya. Quédese con nosotros, porque, mire, el patrón ya casi no viene, y se necesita a alguien de la familia para que se haga cargo de la hacienda y los negocios.

—Sí, tienes toda la razón, pero tenemos que hacerlo entrar en razón para que pueda recuperarse un poco.

—Tiene razón —responde Matilde.

A los días en casa el patrón reunió a todos, incluyendo a Macaria, que venía entrando a la reunión. Todos quedaron asombrados y con disgusto por la presencia de esa persona.

Terminando la reunión, el patrón dijo que Macaria se mudaría a vivir a la hacienda, pero viviría en unas de las casas pequeñas que servían para los trabajadores. Disgustada, molesta y rabiosa le responde delante de todos:

—No estoy de acuerdo, Toribio. Yo quiero vivir a dentro de la hacienda.

El patrón responde:

—¿Quieres la ayuda o no? Es lo que tengo para darte, no tengo ninguna obligación para contigo.

—Está bien. —No muy convencida, la tomó.

—Queda claro que vivirás y comerás en tu casita, no dentro de la hacienda.

El patrón dio por terminada la reunión.

La suegra se le acercó y le preguntó:

—Toribio, con todo respeto, ¿qué estabas pensando al darle entrada a esta mujer al patrimonio de tu única heredera. La verdad, no sé, si estuviera Sofía acá creo que no lo hubiera permitido.

—Pero no lo está.

—Toribio, ¿qué pasa contigo? Tienes que recuperarte, no puedes seguir de esta manera. Yo sé que estas pasando una situación dolorosa, pero piensa en Julita, la tienes descuidada. Ella pregunta por su mami, por su papi. ¿Quién la consolará?

Él pensando le responde:

—Voy a cambiar. Saldré de esta, suegra. Le prometo que de hoy en adelante seré otro. —La abrazó y se fue.

Mientras, Macaria estaba escondida oyendo detenidamente.

En una hora calurosa en el campo Macaria se acerca con un frasco de limonada fresca y se la ofrece al patrón, en agradecimiento por haberla dejado vivir en la hacienda. Él extrañado pero con mucha sed se tomó la limonada y agradeciendo por el gesto regresa al trabajo. Ella quedó sentada en una piedra pensando en voz alta:

—Mañana a esta hora estarás muerto, ¡ja, ja, ja! Pobrecito, te irás muy pronto con tu Sofía.

Al día siguiente en la mesa la suegra le dice Toribio:

—No te veo muy bien, ¿qué tienes? No sé, pero siento que tengo animales en mi estómago. Se mueven y tengo ganas de vomitar.

—No salgas, quédate en casa.

—No, será peor si me quedo.

Le dio un beso en la frente a Julita y le dice:

—Hoy en la noche te cuento tu cuento favorito, ¿está bien?

—Sí, papi. Adiós, papi, hasta la noche.

Saliendo a la caballeriza se acerca a Benito.

—Listo, patrón —le dice el empleado.

El patrón agarrando su estómago se medió agacha tambaleando.

—¿Qué tiene? ¿Qué pasó?

—Nada.

Me siento un poco mal.

Tomando fuerzas se agarró de la silla poniendo su pie para alzarse y sentarse en el lomo del caballo, pero cuando alzó su pierna al otro lado del caballo y sentarse la hoz le corta el estómago y muere instantáneamente sobre su caballo.

Benito empiezan a gritar y pedir ayuda inmediatamente. Todos corrieron al lugar viéndolo cómo quedó muerto sobre su caballo. Lloro y lamento otra vez se sentía en la hacienda.

Cuando Matilde, la madre de su patrona y Julita regresan del mercado, ya hay nuevas reglas que seguir por orden de Macaria.

No pueden abrir el portón, tiene llave. Se acerca Macaria y les pregunta qué querían. Matilde enojada le responde:

—¿Cómo que qué queremos? Pues entrar.

—Acá ya no pueden vivir, yo soy la nueva patrona. Estos papeles me hacen dueña y señora de la hacienda.

—¿Cómo? —responde la anciana—. ¿Dónde está Toribio?

—¡Ja, ja, ja! Pues muerto. Vayan al hospital, ahí lo tienen, acá no pueden vivir.

Fueron para el hospital y Benito las pone al tanto de lo ocurrido.

—¿Y cómo fue la astucia que Macaria usó para quitarle los papeles de la propiedad a don Toribio?

La madre de Sofía, al escuchar lo que Benito les contaba, quedó asombrada y muy enojada, pero ya no se podía hacer nada. La herencia había sido traspasada a nombre de Macaria con firma de don Toribio.

# Capítulo 18

## La pobreza

—Abuelita, abuelita, tengo hambre, tengo mucha hambre.

—Sí, hijita, ahorita te preparo algo.

Mientras la anciana rebuscaba algo en la alacena para cocinarle a la niña, ella sentadita en un banco poniendo sus manitas sobre la mesa le pregunta:

—Abuelita, ¿cuándo nos regresamos a casa?

—Ay, mijita, no podemos regresar a esa casa.

—¿Por qué?

—Bueno ahora Macaria es dueña de la hacienda, por eso vivimos aquí.

—Pero mis zapatos y ropa están allá.

—Sí, mija, pero eso ya no te quedan. Hace un año y medio que paso todo.

—Pero no tengo ropa ni zapatos abuelita. Y quiero ir a la escuela.

—Irás a la escuela, mija, mañana iremos a inscribirte.

—Sí —dijo la niña contenta aplaudiendo de alegría.

Cuando la niña terminó de comer salió a jugar al patio de la pequeña casita de la abuelita. Ella, viéndola sentada en su mecedora, se pone a llorar recordando todo lo que ocurrió tiempo atrás, pensando en la maldad de Macaria de matar a su hija y su yerno, y de dejar en la pobreza a la pequeña Julia. No quiso que sacaran sus pertenencias, por eso la niña no tenía ropa ni zapatos. Sus lágrimas salían de sus cansados ojos por no tener con qué comprarle algo a la niña. Pasaban necesidades. Los vecinos les daban ropa usada y comida.

Al día siguiente la abuela lleva a Julia a la escuela a inscribirse y le dan la lista de útiles para que los compren. Saliendo de la escuela la niña le pregunta a su abuela:

—¿Cómo vamos a comprar tantas cosas, abuelita, si no tenemos dinero?

—Ay, mi niña, es lo más triste para mí.

—Pero no llores, abuelita, verás que lo vamos a resolver.

En la tarde como de costumbre la abuela sentada en su mecedora y Julia jugando en el corredor. En eso se acerca una vecina saludando, doña Teresa. Se acerca y le dice:

—Le traje una ropita usada a Julia y unos zapatos porque sé que el lunes va a la escuela.

—Muchas gracias, vecina, es muy amable.

—También le traje un cuaderno y un lápiz.

—Gracias, porque no tenemos dinero para comprarle.

—No se preocupe, en lo que yo pueda le ayudo —y se retiró.

Yéndose ella entra el abuelo Tiburcio. Sale a encontrarlo Julia contenta. Él saluda, pero con prisa.

—¿Qué tienes, Tiburcio? —le pregunta la abuelita—. Te veo raro hace unos días.

—No aguanto esta pobreza, no tenemos para comer ni para comprar. Esa vaca y esas pocas gallinas que tenemos no son suficientes.

—Entiendo, pero es lo que tenemos.

—Voy a salir hoy en la noche, no me esperes, vendré en la mañana.

—¿Y a dónde vas?

—Me van a venir a recoger. Pero por favor no salgas ni mires por la ventana.

—¿Y por qué tanto misterio?

—Después te cuento.

—No te estás metiendo en cosas con la Macaria, ¿verdad?

Él no respondió.

Ella caminó hacia la puerta y lo vio irse al granero. Pensó: «Ay, Tiburcio, en qué estarás metido...».

Esa noche, como de costumbre, todos a las 8 de la noche se retiraban a dormir.

—Hoy dormirás conmigo, Julia —le dice la abuela a la niña.

—Está bien. ¿El abuelo dónde dormirá?

—Él tiene un asunto que arreglar en el trabajo y no vendrá a dormir. Ponte tu camisón, ven, te ayudo.

También la anciana le peinó el pelo a la niña haciéndole sus hermosas trenzas.

—Abuelita, mi mami también me peinaba antes de dormir.

—Sí, mi niña, yo me acuerdo que lo hacía todas las noches.

—Abuelita, mi papi y mami están juntos viéndome y me cuidan desde el cielo, ¿verdad?

—Sí, mi amor. Bueno, terminé de peinarte. Métete en la cama, te taparé con la sabana.

—Buenas noches, abuelita.

—Buenas noches, hija.

—¿Todavía estas acá, Tiburcio?

—Hasta las doce no vendrán por mí.

—¿Y por qué hasta esa hora?

—Eso me dijo el de la carroza negra.

—¿Ves? Te lo dije, estás haciendo tratos con el diablo.

—Vete a dormir y no mires por ningún motivo cuando me vaya.

Pero doña Teresa no se durmió y escuchó cuando la carroza llego alborotando a los perros del pueblo y haciendo ruido con unas cadenas que jalaba.

# Capítulo 19

## La escuela

Y llego el día tan esperado para Julia, la escuela que tanto anhelaba estudiar para poder leer y contar números. Su alegría no cabía en su rostro. Camino a la escuela le dice a la abuela que no se preocupara porque ella estudiaría mucho para tener dinero y así no aguantarían más hambre. Despidiendo a la niña la abuela le recomienda que no se demore al salir de la escuela, porque tiene que ir a moler la masa de las tortillas de la vecina, y hacer otros mandados y quehaceres de los demás, porque de lo que le paguen, ya sea dinero o comida, ellas tendrían comida en su mesa para ese día.—Está bien, abuelita, terminando la escuela me voy pronto.

—Bueno, hijita, cuídate y pon atención a la maestra.

Cuando la abuela regresó a su pequeña casa, ya se encontraba Tiburcio, su esposo. Sorprendida, le preguntó por qué no aparecía desde hacía días, y que le explicara qué paso con él y con el personaje de la carroza negra. Él molesto se salió de la casa a sentarse a la mecedora. Ella lo sigue esperando una respuesta y él lo único que responde es que está bien y que pronto mirara en los terrenos unas cuantas cabezas de ganado vacuno. La respuesta de la anciana fue:

—Te volviste loco al hacer un pacto con ese personaje. Por eso no salimos de pobres, ¿y ahora le ofreces tu alma?

—Un momento. La pobreza ya la teníamos, y para que lo sepas vendrá seguido por mí.

—Tiburcio, aún tienes tiempo de retroceder a tal disparate. Por favor, esto no te traerá buena suerte; al contrario, tú mismo te maldijiste.

Él, viéndola enojada, le dice:

—Lo único que te pido es que cuando venga por mí no salgas ni te arrimes a la ventana, por favor, hazme caso en eso.

—Lo que necesito es dinero. No tenemos comida y Julia tiene hambre.

—Pues ponte a trabajar, haz algo.

—No seas ingrato, tú sabes que ya no puedo con mi brazo paralizado. ¿Y tú eres el hombre de esta casa?

Hubo un silencio de unos segundos. Tiburcio se levanta de la mecedora y le pone el dinero en su regazo.

—Toma, esto es lo único que tengo —y se marchó.

Y así paso el tiempo. Días tenían para comer anciana y niña. Don Tiburcio estuvo más ausente que nunca. La carroza siempre llegando y cosas misteriosas ocurriendo en la pequeña casa de la anciana. Un día le dice la abuela a la niña que estaría en el río lavando ropa y que cuando regresara de hacerle el oficio a su vecina que se quedara en casa y que no le abriera la puerta a nadie.

—Está bien, abuelita.

Pasaron las horas y por fin la abuela regresa cansada del río, preguntándole a la niña si ya había comido. La niña responde no, porque estaba esperándola. La niña en su corta edad era muy responsable por su abuelita, para que no le hiciera falta los frijolitos y las tortillas a la abuelita. Habló con todas sus vecinas si les ayudaba a lavar trastos, barrer y moler la masa a cambio de comida.

El vecindario, para apoyar a la niña y a su abuela por su pobreza, aceptaron. Así ellas comían al menos una vez por día.

Un día que regresa la niña de la escuela la abuelita no estaba en casa. La buscó llamándola y diciéndole que ya regreso, pero no tenía respuesta.

De pronto tocan la puerta y la pequeña pregunta:

—¿Quién es?

Una voz de mujer le contesta que traía comida para ellas. Entonces la niña abre la puerta y recibe la comida. Al cerrar la puerta la mujer le dice:

—Cómetelo ahorita.

Ella le responde:

—No, esperaré a mi abuelita.

—Como quieras —contestó la mujer y se marchó.

Cerrando la puerta la niña corrió a buscar a su abuelita por los campos y vio que su abuelita venía cargando un poco de leña seca para cocinar.

—¿Por qué no me esperaste? —le dijo Julita—. Ya no puedes hacer nada pesado. Déjame, te ayudo.

—Ay, mi niña, tú vas a la escuela y de ahí te pones a trabajar en el vecindario... Es mucho para ti.

—No, abuelita, yo te ayudo, vamos.

En el camino le contó que una mujer dejó un plato con comida en la mesa.

La abuela le preguntó:

—No comiste, ¿verdad?

—No. Yo te vine a buscar y te cuento ahorita lo que pasó.

Cuando entraron a casa la abuela se acercó al plato y cuando lo destapó estaba engusanado. Las dos al mismo tiempo con sobresalto y susto se retiraron. La abuela inmediatamente lo arrojó al fuego y le dijo a la niña:

—¿Te das cuenta por qué te digo siempre que no comas nada de lo que traigan a casa? Hay gente mala, hija, muy mala.

## Capítulo 20

### La invitación

Era la víspera de navidad y la anciana sentada en su mecedora suspiraba. Alguna que otra lagrima corría por sus mejillas, recordando los buenos tiempos, cuando su hija Sofía le mandaba con los mozos su gastos y comida para que no le hiciera falta de nada.

Y en esas temporadas la pasaban juntas disfrutando de su compañía. Una y otra vez se preguntaba por qué su hija tuvo que morir joven.

Julia se da cuenta de que su abuelita llora.

—Abuelita, no llores. —Se acerca a ella y la abraza.

Le pregunta por qué lloraba y la anciana le cuenta todo lo que estaba pensando. De pronto en el portón viejo enfrente de la casa estaba el señor del correo. Sonó el timbre de su bicicleta.

—¡Doña Teresa, tiene correo!

Emocionada se levanta de la mecedora, pero Julia le dice:

—Abuelita, quédate sentada, yo voy a recogerlo.

La anciana le dice gracias al cartero.

—De nada. Pase una feliz Navidad, doña Teresa.

—Gracias, igual.

—Abuelita, ¿de quién es? Lee la carta.

—Sí, hija, ahorita estoy abriéndola... Ay, hija es mi hermana. —La anciana se emociona.

—No sabía que tenías una hermana.

—Disculpa por no habértelo contado. Es mi hermana Panchita. Dice que nos invita a su casa a pasar la Navidad y año nuevo.

—¿De veras, abuelita? ¡Yo quiero ir! ¿Vamos air, abuelita?

Cuando la abuela abre el siguiente doblez del papel caen en su regazo unos billetes. Julia los agarra y le dice:

—Mira lo que te mandó tu hermana.

La abuela se pone a reír de felicidad con lágrimas en sus ojos.

—Sí, nos mandó para el pasaje porque dice que le contaron que estamos en la pobreza y quiere que estemos con ella unos días.

—¿Y cuándo nos vamos, abuelita?

—Pues faltan dos semanas para Navidad y año nuevo. ¿Qué te parece si nos vamos mañana temprano y le pasamos comprando queso y salpores, que le encantan?

—¡Sí, abuelita! —dice contenta la niña. Pero de pronto se desfigura su rostro con una tristeza.

—¿Y ahora qué tienes, hija?

La niña con lágrimas en los ojos le dice:

—Yo no voy, no puedo.

—¿Por qué, hija? No te puedo y no quiero dejarte sola. ¿Qué pasa? Cuéntame.

—Abuelita, no te había dicho nada para no preocuparte, pero los zapatos que me regaló la vecina se rompieron y voy descalza a la escuela. Y no tengo vestido. La abuela la abrazó y lloraron las dos.

—No te preocupes, mañana vamos a preguntar el precio de los pasajes y los compramos. Luego en el mercado preguntamos el precio de los vestidos y zapatos y te los compro. Si no nos alcanza voy a pedirlos fiados.

—¿Y con qué los vamos a pagar cuando regresemos?

—Yo le voy a pedir a mi hermana.

Era la primera vez que Julia salía del lugar donde había nacido. En su rostro se reflejaba la alegría y la emoción viendo el paisaje a través de las ventanas del bus. Su abuela le pone su mano en el hombro y le pregunta si tenía hambre. La niña le responde que sí y empiezan a comer unos tacos de frijol que la abuelita preparó temprano. La niña le preguntó a dónde vivía su tía y la anciana le responde que en la costa norte del país.

Después de cuatro horas de camino llegan al puerto. Bajan del bus y se dirigen a otro bus local para que las lleve a la casa de la tía Panchita.

En la cena le dice tía Panchita a Teresa:

—¡Qué rico queso y los salpores que me trajiste!

—Gracias a ti los compré, con el dinero que me mandaste.

—¿Qué les parece si mañana nos vamos todo el día a la playa para que Julia conozca el mar y se bañen? Llevaremos comida para todo el día.

—Está bien —dijeron—. Vámonos a la playa.

Al día siguiente, cuando la niña vio el mar, el ruido de las olas, exclamó:

—¡Qué bello es el mar, abuelita!

—Sí, es hermoso. Pero no te metas muy adentro, quédate en la orilla.

Mientras Julia se bañaba con Toñita y Lico, los hijos de la tía Panchita, Teresa le contaba todas sus penas a su hermana.

—No puedo creer que todo eso estén pasando.

—Y eso no es nada. Julia no tiene cuadernos ni lápices para la escuela. ¿Y sabes qué hace esta niña por aprender a escribir, leer y contar números?

—No, no sé. ¿Qué hace?

—Pasa por el río todos los días a recoger una piedra plana y piedritas de colores. La piedra plana es el cuaderno y las piedritas los lápices tiene que aprenderse la lección de memoria porque la maestra borra el pizarrón para la siguiente lección.

Y camina descalza. Luego de la escuela limpia y hace mandados de los vecinos para poder comer.

La hermana, asombrada y con los ojos llorosos, le responde:

—¿Por qué no hacen algo por rescatar la herencia de la niña?

—No, ni, aunque me la dieran de regreso. Esa herencia ya está maldita y esa mujer malvada que se hizo ahí esta toda enferma. Está pagando sus pecados y asesinatos.

—¿Y a quién más mato?

—Sofía tenía una empleada. Pues a ella le hizo un brebaje. Le salieron gusanos en el estómago y se murió de eso. El oficial Enrique, su esposo, se dio un tiro en la cabeza, no soportó estar sin Matilde. De Macaria supe que está grave, pero también que tiene a toda su familia viviendo en la hacienda.

—¿Y cómo obtuvo los papeles de toda esa herencia?

—Antes de que Toribio muriera lo engañó con una bebida y lo alucinó. Fue allí que le dio los papeles.

—¡Qué mujer tan astuta y mala!

—Sí, muy mala.

—¿Y Tiburcio cómo está?

—Ese es otro. Últimamente lo recoge la carroza negra.

—¿¿Qué??

—Se pierde durante días.

—¿Sabes, Teresa? No te regreses hermana, quédate acá. Mira, acá entre todos nos ayudamos, pero tú y la niña corren peligro.

—De eso quiero hablar contigo. Quiero pedirte un favor, que el día que yo falte te cuedes con Julia.—Claro que sí, déjala acá conmigo. Y tú también vente para acá.

—Solo déjame regresar para poner unas cosas en orden y nos venimos acá contigo. Quiero pasar mis últimos días en paz y compartiendo en familia.

—Muy bien, no se diga más.

# Capítulo 21

## La búsqueda

—Julita, tenemos que dejar bien sacudido y limpio, estuvimos casi un mes con tu tía.

—¿Y por qué estamos sacudiendo, abuelita?

—Bueno, por si hay arañas, escorpiones o serpientes. Nadie estuvo acá y es peligroso un piquete de esos animales. Y para dormir en lo limpio.

—¿Y el abuelito cuándo viene?

—Bueno, según me dijo mi vecina no ha venido desde que nos fuimos. Parece que la policía lo busca.

—¿Y porque lo buscan?

—Según dicen ha robado un ganado.—¿Y es cierto que él ha robado?

—No sé, hija, como anda metido en tantas cosas no sé.

Y así abuelita y nieta limpiaron toda la casa. Después se sentaron afuera descansando y comiendo fruta de la que habían traído del puerto. La niña le preguntaba a su abuela cuándo se irían a vivir con su tía, porque le había gustado el clima y tenía a sus primos. Ella le decía que se fueran pronto, no quería estar ahí. La abuela le respondió que muy pronto, solo quería vender su pequeña casa para poder comprar otra en el puerto. Y quería hablar con él para saber si se iría con ellas o qué pensaba hacer.

—Ayúdame a hacer un anuncio de que se vende la casa.

—Abuelita, podemos ir al mercado a vender la casa.

—Sí, muy buena idea. Mañana nos vamos temprano.

—Sí —respondía la niña de contenta cuando terminaron de hacer su anuncio, llenas de esperanzas por vender la casa para poder irse de ese lugar.

—Pon los platos, Julita, vamos a cenar antes de que oscurezca.

—Abuelita, si todavía hay sol.

—Sí, mija, pero dentro de media hora más se oscurecerá. Acuérdate que aún es invierno y el tiempo cambia.

—Qué rico vamos a comer, abuelita, hoy sí tenemos comida.

—sí, gracias a Dios y a tu tía que nos dio para unos dos meses, mientras vendemos la casa.

Cuando terminaron de comer se acerca el abuelito t

odo sucio y se sienta en la mecedora del corredor. La abuela sale y le pregunta a dónde estuvo todo ese tiempo. Él enojado le responde:

—Solo vine a decirte que no me esperes más, me quedo con el de la carroza negra.

La abuela, asustada, se lleva la mano a su boca exclamando:

—¡Dios mío! Tiburcio, te volviste loco. Le regalaste tu alma al diablo. ¡Qué tonto eres! La policía te anda buscando, dicen que has robado unas vacas, ¿es cierto?

En eso la policía va llegando, preguntando a dónde estaba Tiburcio. Él sentado en la mecedora y la policía enfrente de él y no lo miraban. La abuela se queda muda y asustada. El oficial le continúa diciendo que no se preocupe, que si sabe algo de él les informe. Se marcharon. Y él, riéndose a carcajadas, porque burló a la policía sin que lo vieran. La abuela como pudo agarrándose de la pared se metió a la casa, le puso pasador y se sentó en una silla junto a la mesa.

—Abuelita, ¿qué te pasa? No te enfermes, por favor, tengo miedo, no me dejes sola, por favor —se oían los ruegos de Julia. El llanto subía más fuerte y la niña sacudía a su abuelita para que volviera en sí—. ¡Abuelita! —decía una y otra vez.

En eso la niña se acordó que su abuelita le dijo que el alcohol era bueno para todo. Corrió a buscarlo y se lo pone en su nariz para que lo oliera. Al fin la abuela vuelve a la vida dando un grito de horror y llorando.

La niña llorando le decía:

—¡No te mueras, no te mueras, abuelita!

La abuela la abraza y le responde:

—No, mi niña, no pasa nada, solo me quedé paralizada con lo que vi. Todo está bien, vamos preparémonos para ir a dormir.

Al día siguiente abuela y nieta fueron temprano al mercado a poner su casa en venta. Más de uno hizo trato con la abuela de quererle comprar su casa y poniéndole una cita de ir a ver la casa y terreno. Toda esa semana la abuela tuvo a gente llegando a ver su propiedad, hasta que fue vendida a buen precio.

Después de dos meses en trámites de papeles por la venta de la casa se preparaban para abandonar el lugar que por años había sido su territorio y dejaba en ellos recuerdos bonitos y desagradables. Pero los llevaba en mente y corazón.

Saliendo para la estación de buses iban cuando se acerca un oficial de policía dándole la noticia de que encontraron muerto y comido por los animales del bosque a su esposo. Ella les dijo que se hicieran cargo de él.

# Capítulo 22

En el año 1974 mi madre Julia, teniendo unos 48 años, decidió ir a ver cómo estaban las cosas por el pueblo de El Rincón. Desde su partida no había regresado a dicho lugar. Recordaba cuánta pobreza e injusticia había sufrido, sin contar la muerte trágica de sus padres y la avaricia de la gente que la dejó en la calle.

Ella se sentía ahora fuerte, pues era dueña de unas cuantas casas en el puerto. Tenía un matrimonio muy bueno y unos hijos a los que amaba mucho. Ahora ella gozaba de buena bonanza junto con su familia, pero quería saber qué paso con toda la herencia de su madre, no para recuperarla, sino para demostrarles a los que aún vivían y conocían su niñez que ella había sobresalido.

A pesar de su pobreza aprendió a leer, aunque usando piedras planas y de colores del río. Cualquier esfuerzo que se haga en la vida para superarse es bueno. Ella aprendió a brillar con su propia luz sin dañar a los demás. Y en su vecindario enseño a leer a otras personas.

Cuando llegué de la escuela, mi madre me dijo:

—Lety, mañana te irás conmigo. Vamos a viajar a El Rincón.

Yo tenía 12 años cuando acompañé a mi madre al lugar de donde ella nació. Fuimos primero a visitar a sus primas de parte de abuela de ella,

Ahí le contaron que Macaria sufrió en el lecho de muerte, no podía morir y su lengua le creció tanto que caía al piso. Para poderla enterrarla tuvieron que mandar hacer un ataúd más ancho para enrollar toda su lengua.

—No lo creo —dijo mi madre.

—Sí, Julia —dijo su prima—. Yo también no lo creería si no lo hubieran visto mis ojos.

—¡Toda la herencia de tus padres se les fue como agua en los dedos, qué! De verdad, ¿qué paso?

—Pues creyeron que era fácil llevar negocios, no hicieron pagos al Gobierno, no cuidaron los animales, las tierras las vendieron... Hicieron un desastre con la herencia.

—No lo puedo creer —respondió mi mamá con un sentimiento salido de su corazón.

—Pero me alegro que tu estés bien casada con una bonita familia y sobre todo con buena posición.

—Tú sabes que eso no es tan importante para mí.

—Lo sé, Julia. Eres como tu madre, la hermosa Sofía.—¿Vas a ir a visitar a los parientes de Macaria? Ve para que mires cómo están de pobres.

—No voy para juzgar solo quiero saludar. Ahí vive una sobrina, es lo único que obtuvieron de la herencia. Y es tuyo Julia.

—No quiero eso, yo tengo lo mío.

Cuando llegamos a la casa donde vivía la sobrina de Macaria, mi madre toca la puerta. A los minutos sale una mujer, increíble no me lo van a creer, pero si han leído el capítulo donde mi abuela Sofía describe a Macaria... La sobrina era igualita a ella, vestido y calzado igual.

La mujer, de aspecto serio y desagradable, le pregunta a mi madre:

—¿Qué quiere? ¿Quién es usted?

—Buenos días. Soy Julia. ¿Quién eres tú? —pregunta mi madre.

Se le queda viendo unos segundos y la mujer le responde:

—No creo que tú a estas alturas quieras venir a pelear la herencia.

—No he venido a pelear ninguna herencia, yo tengo lo mío —contestó mi madre.

—Pasa.

En lo que su puestamente era la sala no había muebles, era un cuarto vacío. Siguiéndola nos llevó a la parte de atrás como un corredor. Ahí tenía una mesa vieja de madera, ese era su comedor.

Nos dijo:

—Siéntense.

Le hizo señas a la empleada de que nos trajera algo de beber. Mi madre le preguntó porque le hacía señas y le contestó:

—Es muda, no habla ni oye.

—Bueno, Julia, ya es tarde. No encontrarás donde pasar la noche. Te puedes quedar en ese cuarto. Lo tengo para la servidumbre, pero úsalo tú hoy. Mañana temprano te marchas, al despertarme no quiero verlas acá.

—No te preocupes, tengo donde quedarme hoy, solo quería saber de ustedes.—Pues ya viste cómo estamos pobres. Me han contado tus primas que están bien. Quién dijera no. Después que te quedaste en la calle ahora eres toda una señora. —Se rio con envidia y celo. Se levantó y le dijo a mi madre—: Ven, te enseño el cuarto. Pero no tengo sábanas, lo siento.

—No te preocupes, nosotros traemos. Bueno, les dejo que descansen. ¡Ah, se me olvidaba! A medianoche si oyen ruidos y ven algo no te preocupen, vienen por mí para platicar.

Cuando estábamos solas en el cuarto, yo temblaba de miedo.

—Mamita, vámonos de acá, no me gusta este lugar. Vámonos a donde su prima, por favor. Esa señora es mala, mamá. Es igualita a Macaria como usted nos ha contado y también la vienen a visitar como a su abuelito.

Abrazándome y consolándome me dijo:

—No llores, hija, no nos pasará nada.

En eso tocaron la puerta. Mi madre abrió: era la empleada muda. Mi mamá, sorprendida, le dice con señas qué quería:La empleada, poniéndose un dedo en los labios en forma de silencio, le da a mi madre una candela y fósforos porque no había luz.

Al día siguiente muy temprano salimos del cuarto con nuestras cosas. Vi que el patio estaba lleno de mangos y el árbol también. Corrí a recoger uno, lo lavé en una pila que estaba cerca y a comérmelo iba cuando de pronto la empleada muda me lo arrebató y lo tiró de nuevo al suelo. Me dijo con señas que no y con su dedo me indicó el suelo. Cuando vi el mango en el suelo estaba engusanado.

Mi madre me toma del brazo y me dijo:

—Vámonos, salimos de esta casa.

—Mamá, ¿por qué la señora me tiré el mango y luego se llenó de gusanos?

—Hija, todo lo que hay en esa casa esta maldecido y ofrecido al maligno. La empleada te salvó la vida con esa acción que hizo. Se te olvidó que no tenías que comer nada acá, ¿verdad?

—Sí, es cierto. Pasó lo que tu abuelita te decía: no comer nada solo si tú lo compras o lo preparas.

—Correcto, hija.

Y cuéntame qué pasó anoche. ¿Por qué no te dormías?

—Ay, mamá, yo estaba bien dormida, pero oí a los perros ladrar mucho y ruidos en el patio y me desperté. Seguía escuchando ruidos. Luego vi en la esquina la sombra de un hombre parado de negro y sombrero, estaba viéndonos. ¿Tú también lo vistes, mamá?

—Sí, mija, yo no pude dormir tampoco.

—Qué miedo tenía, mamá. Me oriné del susto, lo siento.

—No te preocupes, hija, yo tiré a la basura la ropa mojada. ¿Está bien?

—No hay problema.

—Bueno, regresemos a casa, a este lugar no quiero venir más.

—Está bien, mamá, vamos a casa.

## FIN

Autora Leticia Esmenjaud. Derechos reservados.
Novela sacada de la vida real. Contiene romance, misterio, drama, y ficción.

www.ingramcontent.com/pod-product-compliance
Ingram Content Group UK Ltd.
Pitfield, Milton Keynes, MK11 3LW, UK
UKHW041950230426